Selenia Night

Die Geheimnisse von Surania

Jania ist 19 Jahre alt, als ihr Vater ermordet und ihre Mutter
entführt werden. Nun ist es ihre Aufgabe als Prinzessin, das
Land vor den mächtigen Feinden zu beschützen. Doch auch in
den eigenen Reihen gibt es Widersacher. Der Verdacht, dass es
einen Verräter unter ihren engsten Vertrauten gibt, schürt ihr
Misstrauen. Nachdem Jania dann auch noch erfahren hat, dass
ihr leiblicher Vater der verfeindete Herrscher ist, bricht für sie
eine Welt zusammen. Völlig verzweifelt versteckt sie sich in
den Sümpfen und trifft dort auf Aaron. Der junge Krieger
wuchs bei den Feinden auf und wechselte vor mehreren Jahren
die Seite. Mit der Zeit wächst aber nicht nur ein starkes Vertrauen zwischen ihnen, sondern Jania verliebt sich in Aaron.
Jedoch scheint eine Beziehung aufgrund seiner Abstammung
nicht so einfach. Gemeinsam versuchen sie, das Reich zu retten und ihre Mutter zu befreien. Dabei erkennt Jania, dass Fa-
milienbande und die wahre Liebe stärker sind, als jedes Hin-
dernis.

Selenia Night

Die Geheimnisse von Surania

FSC
www.fsc.org
MIX
Papier aus ver-
antwortungsvollen
Quellen
Paper from
responsible sources
FSC® C105338

Selenia Night

Die Geheimnisse von Surania

Schlagworte
Fantasy, Fantasygeschichten

Impressum

© Ann-Kathrin Schaumburg, Bad Dürrenberg, 2014
Umschlag- und Titelgestaltung: Pierre Kynast
Titelbild: Burg Runkel an der Lahn. Paul Puetzhofen-Hambuechen

Erste Ausgabe
© pkp Verlag, Pierre Kynast, Leuna, Dezember 2014
Internet: http://www.pkp-verlag.de
Herstellung und Vertrieb: Books on Demand GmbH, Norderstedt
Taschenbuch: ISBN 978-3-943519-14-3
E-Book: ISBN 978-3-943519-15-0

Inhalt

Prolog

Es war ungefähr sechs Monate her, dass die ersten Aghorer in Sûrania aufgetaucht waren. Sûrania ist ein hübsches, friedliches Land mit wunderschönen, grünen Mischwäldern, Ebenen, vielen kleinen Dörfern und einer Stadt um die Burg herum. Die Bewohner von Sûrania, die Sûra, werden auch Naturmagier genannt. Sie nehmen ihre Kräfte aus der Natur und nutzen sie, um Menschen, Tiere und Pflanzen zu heilen.

Vor etwa 20 Jahren hatte sich ein Adliger aus Sûrania gegen den damals jungen König gewendet. Der Name des Aufständischen war Langar. Er verbündete sich mit den Nebelkriegern, einem Volk, das in Sûrania lebte, allerdings schon lange Pläne schmiedete, um an die Macht zu kommen.

Die Nebelkrieger können gefährliche Kämpfer sein. Nicht nur, weil sie seit Generationen spezielle Kampftechniken haben, sondern vor allem, weil sie sich unsichtbar machen können. Im Nebel können sie sich sogar ganz auflösen. Durch diese Fähigkeit gaben sie sich auch ihren Namen. Um ihre besondere Gabe nutzen zu können, leben sie meistens in dunklen Wäldern oder in der Nähe von Sümpfen und Mooren.

Die Nebelkrieger fanden in Langar einen Verbündeten. Nachdem sie damals mehrere Schlachten gegen die sûranischen Krieger verloren hatten, zogen sie nach Westen in eine öde Gegend. Langar ließ Städte bauen und gründete so sein eigenes Reich, Aghor, von dem er sich zum König ernannte.

In Aghor ist es sehr steinig. Es gibt eine Menge finstere Wälder, zwischen denen sich Moore und Sümpfe befinden, die die Gegend gefährlich machen. Schon viele sind von Reisen in diese westlichen Gebiete nie wieder zurückgekehrt.

Im Vergleich mit Sûrania ist Aghor also ein dunkles und tristes Land mit einem brutalen Herrscher und sehr gut ausgebildeten Kriegern.

In den letzten 20 Jahren war es immer wieder zu Kämpfen gekommen, aber nie hatten es die Aghorer bis ins Landesinnere geschafft.

Ich war in dieser Zeit aufgewachsen. Sicher hinter den Burgmauern hatte ich eine schöne und relativ friedliche Kindheit gehabt. Meine Geburt war damals der Lichtblick für das Volk gewesen. Als Prinzessin wusste ich natürlich über die Geschichte unseres Reiches Bescheid, doch von den stetigen Auseinandersetzungen mit Aghor bekam ich nur wenig mit.

Bis vor einem halben Jahr, als mehrere Nebelkrieger in die Burg eingedrungen waren. Keiner wusste, wie ihnen dies gelungen war, und das Gerücht, es gäbe einen Verräter, kam auf. Die Eindringlinge konnten damals gefasst werden. Doch da war es bereits zu spät gewesen. Sie hatte ihren Plan, meinen Vater, König Dragas, zu töten, bereits ausgeführt.

Die Feier zu meinem 19. Geburtstag einen Monat später war deshalb eher eine Trauerfeier.

Ich hatte gehofft, Langar würde zufrieden sein und die Angriffe zumindest vorerst einstellen. Aber gestern dann der nächste Schock: Wieder hatten Aghorer einen Weg hinter die Burgmauern gefunden und meine Mutter, Königin Solana, entführt.

Ganz Sûrania war in Aufruhr und wollte wissen, wie es jetzt weitergehen sollte. Deshalb wurden der Herrscher eines verbündeten Landes sowie alle Berater aus Sûrania in die Burg gebeten. Es musste dringend beschlossen werden, was nun passieren sollte.

Und an dieser Stelle setzt meine Geschichte ein.

Kapitel 1 – Die Besprechung

Ich saß auf einem Stuhl im ehemaligen Arbeitszimmer meines Vaters. Es war ein eher kleiner Raum, der mit Regalen zugestellt war, in denen Bücher und Unterlagen standen. Hier waren sämtliche Dokumente über die Geschichte von Sûrania und den anderen Reichen, über Magie, über verschiedene Wesen sowie wichtige Verträge zu finden. Einfach alles, was ein König an Wissen benötigte, um ein guter Herrscher zu sein, befand sich in diesem Raum.

Deshalb war wohl auch dieses Zimmer für das Treffen ausgesucht worden.

Ich fühlte mich nicht wohl und es fiel mir schwer, den Gesprächen zu folgen. Mir ging einfach zu viel durch den Kopf. Ob es meiner Mutter gut ging? Und was sollten wir jetzt tun, um sie zu befreien?

Ich ließ meinen Blick durch den Raum schweifen und versuchte herauszufinden, was die Männer dachten.

Auf dem Stuhl hinter dem Schreibtisch saß König Ragen. Sein Reich, der Wald von Teyla, war seit Jahren eng mit Sûrania befreundet.

Die Teylaer sind ein friedliches und naturverbundenes Volk. Sie leben in einer Art Baumhäuser und können mit Hilfe ihrer Magie mit Pflanzen sprechen. Deshalb werden sie auch oft um Hilfe gebeten, wenn es um die unterschiedliche Nutzung verschiedener Gewächse geht. Ihr Wissen über Kräuter und deren heilende Kräfte geht auf Jahrhunderte alte Erfahrung zurück. Es wird von Generation an Generation weitergegeben und erweitert.

König Ragen war 47 Jahre alt und ein guter Freund meiner Eltern. Daher nahm er auch an der Besprechung teil. Er hatte blonde, etwa schulterlange Haare und braune Augen, mit denen er mich mitfühlend ansah.

Hinter ihm lehnte Garet an der Wand. Er stammte aus einer adligen Familie und war einer der Berater. Garet war drei Jahre jünger als Ragen und wirkte mit seinen schwarzen, kurzen Haaren, den schwarzen Augen und der dunklen Kleidung alles andere als freundlich. Ich fand ihn irgendwie unheimlich. Aber meine Eltern schienen ihn besser zu kennen, sonst wäre er nicht seit vielen Jahren ihr engster Vertrauter.

Lonar, ebenfalls ein Berater, saß links von mir auf einem Stuhl. Er hatte braune Haare und braune Augen und schien in Gedanken versunken zu sein.

Sein sechs Jahre jüngerer Bruder Tano, der ihm zum Verwechseln ähnlich sah, war vor einigen Jahren ebenfalls zum Berater ernannt worden. Jetzt lief er durch das Zimmer und war total fertig mit den Nerven, denn die Entführung der Königin machte ihm sehr zu schaffen.

Rechts von mir lehnte neben dem Fenster Aaron. Er war nur zwei Jahre älter als ich, hatte kurze blonde Haare und strahlende hellblaue Augen. Eigentlich wirkte er ganz nett. Doch ich wusste nicht, was ich von ihm halten sollte. Denn Aaron war ein Nebelkrieger und damit eigentlich ein Feind. Dazu kam, dass sein Vater, Salec, die rechte Hand von Langar war, was meinem Vertrauen zu Aaron nicht gerade gut tat.

Er war vor etwa sieben Jahren, im Alter von 14, bei einer Schlacht zwischen Sûrania und Aghor dabei gewesen. Im Grunde genommen war er noch zu jung gewesen, doch bei

Nebelkriegern schien es üblich zu sein, die Jungen bereits früh mit dem Kampf vertraut zu machen.

Aaron war damals schwer verletzt worden und nachdem die Aghorer die Schlacht verloren hatten, waren sie einfach geflohen. Sie hatten ihn liegen gelassen. Das hätte seinen sicheren Tod bedeutet, wenn unsere Krieger nicht mit ihm Mitleid gehabt hätten.

So brachten sie ihn in die Burg, wo man Aaron gesund pflegte. Er hatte danach bereitwillig König Dragas alles erzählt, was er von seinem Vater über die geheimen Pläne der Aghorer wusste. Dank seiner Hilfe hatte mein Vater mehrere Angriffe von ihnen vereiteln können.

Aaron hatte sich damals dafür entschieden, hier zu bleiben. Er war enttäuscht von den anderen Nebelkriegern, die ihn einfach im Stich gelassen hatten. Durch die gute Zusammenarbeit hatte mein Vater dann beschlossen, ihn zum Berater zu ernennen. Der junge Nebelkrieger konnte sich am besten in die Feinde hineinversetzen, schließlich war er in Aghor aufgewachsen und hatte dort auch seine Ausbildung als Krieger begonnen.

Auch wenn er seitdem Sûrania treu war, fragte ich mich, ob wir ihm wirklich vertrauen konnten.

Was, wenn es tatsächlich einen Verräter gab? Ich verfolgte diesen Gedanken nicht weiter, aus Angst, ich würde dann total durchdrehen. Stattdessen versuchte ich dem Gespräch zu folgen.

„Ich verstehe nur nicht, was Langar damit bezwecken will", sagte Lonar gerade. „Warum tötet er Dragas, aber Solana nicht. Stattdessen entführt er sie."

„Vielleicht will er uns erpressen", überlegte Garet.

„Das wäre eine Möglichkeit", stimmte König Ragen zu. „Er lässt die Königin leben, wenn er dafür Sûrania bekommt und zum König gekrönt wird. Das klingt logisch."

„Nein. Das glaube ich nicht."

Ich drehte mich überrascht zur Seite und sah Aaron an. Bisher hatte er sich aus der Unterhaltung herausgehalten und geschwiegen.

Jetzt waren alle Blicke auf ihn gerichtet. Niemand schien seiner Meinung zu sein und alle hatten Zweifel, auch ich.

„Erpressung ist nicht Langars Art. Er muss etwas anderes vorhaben, nur habe ich keine Ahnung, was. Aber wenn es ihm einzig und allein darum ginge, Sûrania zu erobern, würde er meinem Vater befehlen, Truppen loszuschicken", erklärte Aaron.

Garet schüttelte den Kopf. „Das ist doch anscheinend schon passiert. An vielen Orten wurden Aghorer gesichtet."

„Ja. Aber sie greifen nicht wirklich an", entgegnete Aaron. „Ich glaube, das sollte nur zur Ablenkung dienen. Dadurch konnten es einige in die Burg schaffen, um die Königin zu entführen."

Garet wollte etwas erwidern, doch Ragen hob seine Hand und brachte ihn damit zum Schweigen. „Ich glaube, wir sollten aufhören zu spekulieren und uns lieber Gedanken machen, wer jetzt das Reich regieren soll."

Kapitel 2 – Eine neue Königin?

Ragen sah einen nach dem anderen an. „Ich habe bereits ein Land zu regieren. Also kommt nur jemand von euch in Frage."

Er schaute zuerst Tano an.

Der Vorschlag des Königs von Teyla ließ ihn überrascht stehen bleiben. Er schüttelte energisch den Kopf. „Also ich mache das auf keinen Fall", lehnte Tano entschieden ab.

Ragen ließ seinen Blick weiter zu Lonar wandern.

„Danke für das Angebot. Aber ich leite bereits die Garde und muss mich um die Vorbereitungen für einen möglichen Krieg kümmern", sagte Lonar.

Ragen nickte verständnisvoll und wollte sich an Garet wenden, als Aaron das Wort ergriff.

„Ich glaube, es kommt nur eine Person in diesem Raum in Frage."

„Was fällt dir ein?! Für wen hältst du dich eigentlich?!" Garet war außer sich vor Wut und kurz davor, auf Aaron loszugehen.

„Ich spreche nicht von mir", erklärte dieser gelassen, woraufhin sich Garet wieder etwas beruhigte.

König Ragen schien zu verstehen, was Aaron meinte, und nickte. „Du hast Recht. Jania ist die Prinzessin und damit steht nur ihr der Thron zu."

Mein Herz setzte einen Schlag aus. Hatte ich mich verhört? Aber das konnte doch nicht sein Ernst sein! Ich hatte doch überhaupt keine Ahnung, was alles die Aufgaben einer Königin waren.

„Aber…ich…", stotterte ich.

„Wir werden dir natürlich helfen. Aber das Volk braucht eine neue Königin und sie lieben ihre Prinzessin. Jania, du würdest ihnen wieder Mut machen." König Ragen sah mich aufmunternd an.

„Ich…ich weiß nicht", antwortete ich schließlich. „Was halten denn die anderen von dieser Idee?" Ich schaute fragend in die Runde. Vielleicht würde sich doch noch jemand bereit erklären, den Platz auf den Thron zumindest vorläufig anzunehmen.

Lonar jedoch nickte. „Ich halte es für das Beste, wenn die Prinzessin den Platz als Herrscherin einnimmt. Auf jeden Fall bis Solana wieder frei ist."

„Ich bin auch dafür", stimmte Tano zu.

„Ich finde, sie ist noch zu jung. Wie soll ein 19jähriges Mädchen ein ganzes Reich regieren und es noch dazu durch einen Krieg führen?", warf Garet zweifelnd ein.

In mir keimte Hoffnung auf. Vielleicht konnte er die anderen überzeugen. Gerade wollte ich ihm beipflichten, da….

„Du willst den Thron doch nur für dich."

Ich sah Aaron entsetzt an. Wie konnte er so etwas denken? Garet war seit vielen Jahren ein treuer Freund und Berater meiner Eltern.

Doch Aaron hatte es nur leise geflüstert, weshalb ich die Einzige zu sein schien, die ihn gehört hatte, denn niemand reagierte darauf.

Mir blieb auch keine Zeit mehr, genauer darüber nachzudenken, denn da sagte Aaron laut: „Das Volk vertraut Prinzessin Jania. Ich glaube, das sollten wir auch. Sie würde eine gute Königin sein. Außerdem rechnet Langar bestimmt nicht damit, dass sie den Thron besteigt. Er wird denken, dass er jetzt leichtes Spiel haben wird, die Herrschaft über Sûrania zu übernehmen. Aber das wird nicht der Fall sein."

„Dann stimmt die Mehrheit also für Jania", stellte Ragen fest. „Jetzt muss nur noch sie damit einverstanden sein."

Alle sahen mich fragend an. Garet wirkte als Einziger nicht sehr glücklich über diese Entscheidung, schwieg aber.

Ich atmete tief durch. Mir blieb keine andere Wahl und außerdem waren ihre Argumente einleuchtend „Also gut. Wenn es das Beste für das Volk ist."

Erleichterung spiegelte sich auf den Gesichtern der anderen wider.

„Sehr gut. Dann sollten wir diese erfreuliche Nachricht sofort in ganz Sûrania verbreiten", meinte Ragen zufrieden.

„Ich werde mich um die Krönung kümmern", erklärte Garet. Er schien sich inzwischen mit der getroffenen Entscheidung abgefunden zu haben. „Sie sollte so schnell wie möglich stattfinden. Ich denke, drei Tage genügen als Vorbereitung."

Da nun alles geregelt war, wurde die Besprechung als beendet erklärt.

Ich verließ das Zimmer und entdeckte dabei Tamriel auf dem Flur. Sie war die Tochter von König Ragen und damit die Prinzessin von Teyla. Ich hatte sie auf der Beerdigung meines Vaters kennengelernt und wir hatten uns auf Anhieb gut verstanden.

Tam war 18 Jahre alt und hatte grüne Augen und hellblonde Haare, die ihr in sanften Wellen über die Schultern fielen. Sie war inzwischen meine beste Freundin geworden. Vor allem, weil auch sie wusste, was es bedeutete, ein Elternteil zu verlieren. Ihre Mutter war schwer krank gewesen und trotz der Versuche, sie mit den verschiedensten Kräutern und Magie zu heilen, war sie gestorben. Tam war damals gerade erst sechs Jahre alt gewesen.

Vor acht Jahren hatte ihr Vater, König Ragen, dann ein zweites Mal geheiratet. Anfangs war es für Tam nicht leicht gewesen, ihre Steifmutter, París als neue Frau an der Seite ihres Vaters zu akzeptieren. Doch über die Jahre hatten sie sich aneinander angenähert. Noch immer gab es ab und zu Streit, weil París manchmal etwas eingebildet sein konnte. Aber im Großen und Ganzen war sie wohl in Ordnung, wie Tam mir erzählt hatte.

Ich selbst hatte die teylaische Königin bisher noch nicht wirklich kennengelernt. Zu der Beerdigung meines Vaters war París zwar anwesend gewesen, aber ich hatte sie nur aus der Ferne gesehen und nicht mit ihr gesprochen.

Nun ging ich auf meine beste Freundin zu und begrüßte sie mit einem Lächeln.

„Wie geht es dir? Muss ja ziemlich schwer für dich sein, wenn jetzt auch noch deine Mutter entführt wurde", meinte sie mitfühlend.

„Geht so", antwortete ich. „Ich versuche einfach, nicht daran zu denken. Nur das gelingt mir nicht wirklich. Ich hoffe nur, es geht ihr gut." Erst jetzt wurde mir richtig bewusst, dass meine Mutter schon längst tot sein könnte. Ich schluchzte.

„Ist ja gut. Ihr wird schon nichts passiert sein", versuchte mich Tam zu trösten.

Doch mir rannen bereits Tränen über die Wange. Die ganze Aufregung war nun mal zu viel für mich.

Die teylaische Prinzessin nahm mich in den Arm. „Es wird schon alles gut gehen", beruhigte sie mich. „Jetzt erzähl mir lieber, was ihr da drinnen beschlossen habt", wechselte sie das Thema, um mich abzulenken.

„Sie wollen mich in drei Tagen zur Königin krönen", antwortete ich noch immer schluchzend. „Ehrlich gesagt, will ich das nicht. Ich meine, ich weiß doch gar nicht, was genau eine Königin alles machen muss. Wie soll ich das denn alles schaffen?", fragte ich zweifelnd.

Natürlich hatte immer festgestanden, dass ich eines Tages den Thron erben würde, aber nicht so früh und ohne Vorbereitung und noch dazu in einer so schwierigen Situation.

„Wenn die Berater und mein Vater der Meinung sind, dass du das schaffst, dann wird es auch so sein. Außerdem glaube ich auch an dich", sagte Tam und lächelte mir dabei aufmunternd zu. „Mach dich nicht verrückt. Du wirst sehen, alles wird gut."

Kapitel 3 – Die Krönung

Ich trug ein fliederfarbenes Kleid, welches bis fast auf den Boden reichte. Es hatte einen runden Ausschnitt und Trompetenärmel und sah einfach nur atemberaubend aus. Ich liebte es. Meine rotbraunen Haare waren kompliziert geflochten und ich trug das goldene Diadem der Prinzessin.

Doch ich konnte diese feierliche Stimmung nicht genießen, denn ich war unglaublich aufgeregt und das Herz schlug mir bis zum Hals, als ich den Saal betrat.

Sämtliche Adlige und Hochrangige Sûranias waren versammelt, um an meiner Krönung teilzunehmen.

Noch immer hatte ich Zweifel, ob ich der Aufgabe als Königin gewachsen war, doch jetzt gab es kein Zurück mehr. Ich versuchte, möglichst entspannt zu wirken und zu lächeln und schritt den Mittelgang entlang.

Dabei entdeckte ich Tamriel, die mit ihren Eltern ebenfalls gekommen war. Sie trug ein maigrünes Kleid mit braunen Ornamenten, die wie sich rankende Zweige wirkten.

Neben ihr stand ihr Vater, König Ragen. Er trug eine beige Hose, ein waldgrünes Hemd und einen goldenen Umhang als Zeichen seiner Position als König.

Königin Paría, die das wohl auffallendste Kleid heute trug, stand auf der anderen Seite von Tam. Das Gewand war aus goldbraunem Samt, was einen starken Kontrast zu ihren schwarzen Haaren gab. Doch ich musste zugeben, dass es an ihr wirklich gut aussah.

Ich spürte, dass mich María mit ihren grünen Augen beobachtete. Ihr schien es nicht zu gefallen, dass ich diejenige war, die im Mittelpunkt stand und nicht sie. Dabei hätte ich gerne mit ihr getauscht, denn inzwischen zitterten meine Hände vor Aufregung.

Gegenüber der Königsfamilie von Teyla standen die Berater Sûranias und Dorian. Er war der 19jährige Sohn von Garet, hatte schokobraune Augen und blonde Haare. Aufgrund der hohen Stellung seines Vaters war auch er hoch angesehen und es war sehr wahrscheinlich, dass Dorian eines Tages ebenfalls in den Rat aufgenommen werden würde.

Er trug eine dunkelblaue Hose und ein fliederfarbenes Hemd. Es war Pflicht, etwas Fliederfarbiges zu tragen, da dies die Landesfarbe von Sûrania war.

Als ich an Dorian vorbeiging, schien er durch mich hindurch zu sehen. Sein Blick ruhte auf Tam. Ich musste lächeln. Ihre Eltern wollten, dass die beiden heirateten und Dorian schien wirklich Interesse an Tamriel zu haben. Er warb richtig um sie, doch Tam lehnte eine Heirat mit ihm bisher ab.

Kurz neben Dorian stand Aaron. Mir ging noch immer seine seltsame Bemerkung bei der Beratung vor ein paar Tagen durch den Kopf. Doch als ich ihn jetzt in der schwarzen Hose und dem grauen Hemd mit fliederfarbenen Mustern aus magischen Ornamenten sah, verdrängte ich diesen Gedanken vorerst wieder. Er sah irgendwie gut aus. Vielleicht hatte ich einfach nur einen falschen Eindruck von Aaron bekommen.

Aber ich hatte keine Zeit mehr, mir länger darüber Gedanken zu machen, denn nun näherte ich mich dem Thron.

Ganz vorne stand Garet, um die Krönung vorzunehmen. Es war üblich, dass der Älteste des Rates, welchen die Berater darstellten, solche wichtige Aufgaben übernahm. Garet trug, wie sein Sohn, eine dunkelblaue Hose und ein fliederfarbenes

Hemd, welches allerdings noch zusätzlich mit kleinen schwarzen Ornamenten der Magie bestickt war.

Inzwischen war ich vorne angekommen und blieb einige Schritte vor Garet stehen.

Nun begann die eigentliche Zeremonie.

„Geehrter König, geehrte Königin und geehrte Prinzessin von Teyla, Ladies und Lords von Sûrania", begann Garet mit kräftiger und lauter Stimme. „Ich präsentiere Euch Prinzessin Jania, die Tochter von König Dragas und Königin Solana. Sie tritt vor Euch, um als rechtmäßige Königin über das Land und die Menschen von Sûrania gekrönt zu werden. Ihr, die Ihr Euch hier versammelt habt, seid Ihr einverstanden, sie als solche anzuerkennen?!"

Durch den Thronsaal schallte ein lautes Ja.

„Und seid Ihr Prinzessin Jania bereit, den Königseid abzulegen?"

Ich nickte. „Ja, ich bin bereit", antwortete ich, wenn auch mit leicht zittriger Stimme.

Nun nahm Garet das Schwert Sûranias. Der goldene Griff war mit Amethysten besetzt, die magische Ornamente darstellten.

Das Schwert symbolisierte den Frieden und die Freiheit in Sûrania und war deshalb auch auf unserer Flagge zu sehen. In vielen Sagen stand, dass die magischen Kräfte dieser Waffe schon oft das Land vor der Niederlage in einem Kampf und damit vor dem Untergang bewahrt hatte. Weil es eine so wichtige Rolle in der Geschichte Sûranias spielte, war es Tradition, dass jeder Eid auf das Schwert geleistet werden musste.

Deshalb legte ich jetzt auch meine noch immer leicht zitternden Hände darauf.

Garet ergriff wieder das Wort. „Gelobt Ihr, die Untertanen des Königreiches Sûrania gerecht und weise zu regieren?"

„Ja", antwortete ich inzwischen mit kräftigerer Stimme.

„Gelobt Ihr, die Gesetze der Magie und der Natur zu wahren und zu achten?"

„Ja, das alles gelobe ich", schwor ich.

Garet legte das Schwert zur Seite und währenddessen trat ich einige Schritte vor und blieb vor dem Thron stehen.

„Hiermit ernenne ich Euch zur Königin über das sûranische Volk." Garet zeichnete die magischen Ornamente, die auch auf dem Schwert waren, auf meine Stirn.

Danach nahm er die goldene mit Amethysten besetzte Krone. „Empfangt diese Krone als Zeichen königlicher Würde. Sie möge alle an Eure Souveränität erinnern und Euch an Eure heute geleisteten Schwüre."

Er setzte mir die Krone auf den Kopf und reichte mir dann das Schwert. „Nehmt nun das Schwert der Freiheit. Führt dieses Schwert in der Not und schützt damit das Land, erweist den Treuen Ehre, sorgt für die Armen und die Schwachen, lobt die Gerechten und bestraft die Ungerechten."

Als Garet diese Worte gesprochen hatte, verbeugte er sich und ging dann zur Seite, damit ich vor das Volk treten konnte.

„Ich gelobe Euch Treue und Euch eine gute Königin zu sein", sagte ich.

Jubel ertönte im Saal und die heitere Stimmung ließ mich aufatmen.

Die Krönung war überstanden.

Zwar hatte ich noch keine Ahnung, wie ich meine soeben geleisteten Schwüre verwirklichen sollte, aber Tam würde schon Recht haben: Irgendwie würde ich das schaffen und alles würde gut werden.

Kapitel 4 – Der Überfall

„Königin, Ihr müsst aber auch still halten, wenn ich Euch beim Ankleiden helfen soll", beschwerte sich Bara.

„Entschuldige. Ich bin nur nervös. Und außerdem sollst du mich nicht ständig *Königin* nennen oder mit *Ihr* ansprechen. ", antwortete ich leicht genervt.

„Wie Ihr…, oh, ich meine, wie du willst, Jania", sagte Bara und lächelte mich an.

Bara war so etwas wie meine Tante. Wir waren nicht wirklich miteinander verwandt, aber sie war die beste Freundin meiner Mutter. Bara war nur ein Jahr jünger als sie und die beiden waren praktisch gemeinsam aufgewachsen. Ihre Mutter war bereits hier Dienerin gewesen und so hatte dann auch sie selbst eine Stelle als Kammerzofe bekommen. Zuerst war sie nur die Dienerin von Königin Solana gewesen, später mein Kindermädchen und jetzt meine Kammerzofe.

Ich vertraute Bara. Sie kannte alle meine Geheimnisse und war meine beste Freundin, seit ich klein war. Ich liebte Bara wie eine zweite Mutter, weshalb sie besonders in dieser schweren Zeit eine der wichtigsten Personen für mich war.

Und da ich das Gefühl, von allen als Königin noch respektvoller behandelt zu werden, schon komisch genug fand, sollte Bara nicht auch noch so anfangen.

Sie sagte gerade: „So, und jetzt die Haare", woraufhin ich mich auf einen Hocker setzte.

Da kam Kayar und setzte sich vor mich.

„Ich weiß, du kamst in den letzten Tagen etwas zu kurz“, sagte ich und streichelte ihm über den Kopf.

Kayar war ein Schattenwolf. Das sind eine Art Wölfe, die sich, ähnlich wie die Nebelkrieger, im Dunkeln, im Schatten und im Nebel unsichtbar machen konnten. Kayar hatte dunkelgraues Fell und schwarze Augen. Er stammte aus einem Rudel der eher scheuen, aber gefährlichen, wilden Schattenwölfe. Vor einigen Jahren hatte ich ihn als Welpen verlassen im Wald gefunden, mit in die Burg genommen und großgezogen. Seitdem wich er mir nicht mehr von der Seite.

Als ich Kayar nun hinter den Ohren kraulte, schloss er die Augen und legte seinen Kopf in meinen Schoß.

Währenddessen wanderten meine Gedanken zu der bevorstehenden Versammlung. Als neue Königin musste ich die Aufgaben an die Ratsmitglieder verteilen, eventuelle Veränderungen bekanntgeben und alles mit ihnen besprechen.

„Sag mal, Bara, was denkst du eigentlich? Ob es tatsächlich einen Verräter oder Spion bei uns gibt?“, fragte ich hilfesuchend.

Sie hielt beim Kämmen inne und überlegte. „Möglich“, antwortete Bara nach einer Weile. „Aber wieso fragst du? Hast du jemand bestimmten in Verdacht? Ich hoffe doch nicht mich“, meinte sie lachend.

„Wie kommst du darauf? Du wärst die Letzte, die ich verdächtigen würde“, entgegnete ich ehrlich und wurde dann ernst. „Nein, ich frage mich das nur. Letztens machte Aaron so eine seltsame Bemerkung, Garet wolle doch nur den Thron. Leider weiß ich nicht, ob da was dran ist. Er hatte es so leise gesagt, dass ihn niemand gehört hat.

Ich weiß einfach nicht, was ich von dieser Aussage, von Aaron selbst und von den anderen halten soll“, erklärte ich schließlich verzweifelt.

„Da kann ich dir aber leider nicht helfen, denn so gut kenne ich die Berater auch nicht."

Wir waren so in das Gespräch vertieft, dass keine von uns beiden bemerkte, wie Kayar aufstand und in Richtung Fenster schaute. Erst als er zu knurren begann, drehte ich mich um, doch da war es schon zu spät. Denn gerade kam ein völlig in schwarz gekleideter Nebelkrieger vom Balkon ins Zimmer.

Ich schrie erschrocken auf. Wie kam er hier rein? Panik stieg in mir auf.

Bara griff nach einem Kerzenständer, der auf dem Tisch stand, um sich zu verteidigen.

Doch der Eindringling beachtete sie überhaupt nicht, konzentrierte sich nur auf mich und kam dabei langsam näher. In der Hand hielt der Aghorer ein Seil, mit dem er mich anscheinend fesseln und dann entführen wollte, genauso wie es einer von ihnen mit meiner Mutter getan hatte.

„Bleib stehen! Wehe du tust Jania etwas an!", schrie Bara verzweifelt und versuchte ihn mit dem Kerzenständer auf Abstand zu halten.

Doch der Krieger verzog das Gesicht nur zu einem spöttischen Grinsen.

Hätte ich nicht so unter Schock gestanden, wäre mir vielleicht eine Idee gekommen, wie wir fliehen oder zumindest Hilfe holen könnten. Aber ich war in diesem Moment noch nicht einmal in der Lage, nach einer Wache zu rufen.

Der Nebelkrieger kam immer näher und war jetzt nur noch wenige Schritte von mir entfernt. Doch da beging er denn Fehler, Kayar außer Acht zu lassen. Dieser sprang den Aghorer von vorne an und warf ihn zu Boden. Dabei fletschte er die Zähne, knurrte und zeigte, dass er als wilder Schattenwolf geboren war. Gerade wollte Kayar dem Krieger, der versuchte aufzustehen, in den Arm beißen, um ihn am Fliehen zu hindern.

Da wurde die Tür aufgerissen.

„Was ist geschehen?!“, fragte Garet, stürzte dabei ins Zimmer und blieb wie angewurzelt stehen.

Bara drehte sich erschrocken um und holte schon mit dem Kerzenständer zum Schlag aus. Da erkannte sie Garet und atmete erleichtert auf, weil es sich nicht um einen weiteren Aghorer handelte.

Doch sie war nicht die Einzige, die von Garets plötzlichem Auftauchen überrascht wurde. Denn auch Kayar war für einen Augenblick abgelenkt gewesen. Diese Chance hatte der Aghorer genutzt, um sich blitzschnell von Kayar zu befreien und zu fliehen. Bevor irgendjemand etwas tun oder sagen konnte, kamen auch schon Aaron, Lonar und Tano angestürzt.

„Ist alles in Ordnung?“

„Was ist passiert?“

„Wer hat geschrien?“

Alle fragten durcheinander.

„Ein…ein…Nebelkrieger. Er…er wollte…mich entführen“, brachte ich stockend hervor.

„Ich verständige die Stadtwache“, sagte Lonar, der sich als Erster von dem Schock erholt hatte. „Sie sollen sofort das Tor schließen und den Eindringling suchen.“ Damit eilte er davon.

„Das wird nicht viel bringen. Der ist längst weg“, meinte Aaron, der inzwischen auf den Balkon gegangen war und sich umschaute. „Ist nichts mehr zu sehen. Er war bestimmt allein und ist schon wieder außerhalb der Stadtmauern.“

„Was genau ist denn eigentlich passiert?“, fragte Garet und schaute nacheinander mich und Bara an.

„Ich weiß nicht." Hilfesuchend sah ich Bara an. „Wir…",
begann ich, doch meine Stimme versagte. Noch immer zitterte
ich und mein Herz schlug wie wild.

Kayar kam auf mich zu und stupste mich mit der Schnauze
an, als wolle er sagen: Ist ja gut. Es ist doch nichts passiert. Ich
habe dich doch gerettet.

Während ich mich langsam beruhigte, erzählte Bara, was
geschehen war.

„Wir sollten dringend etwas gegen diese Sicherheitslücken
unternehmen", sagte Tano, nachdem sie mit ihrem Bericht
fertig war.

„Stimmt. Aber ich glaube, die Beratung sollte auf den
Nachmittag verschoben werden. Die Königin ist von diesem
Überfall sicher noch sehr mitgenommen", meinte Aaron mit-
fühlend.

Alle nickten zustimmend und verließen das Zimmer. Nur
Bara blieb und strich mir beruhigend über den Rücken.

Kapitel 5 – Anschuldigungen

Der Entführungsversuch des Nebelkriegers hatte meinen Verdacht verstärkt. Es musste einen Verräter geben, nur so hatte der Aghorer in mein Gemach eindringen können. Doch die Frage blieb: Wer?

Ich war mir immer noch nicht sicher, aber es kam eigentlich nur einer der Berater in Frage. Und das war auch das Schlimmste, denn eigentlich sollte ich gerade dem Rat am meisten vertrauen können. Doch alle vier wussten über Geheimgänge Bescheid, die die Aghorer nutzen konnten, um in die Burg zu kommen. Außerdem kannten sie sämtliche Abläufe wann, wo, welche Wache war oder abgelöst wurde. Die Ratsmitglieder hatten so viele Möglichkeiten, einen Aghorer in die Burg zu schmuggeln.

Nur, wie sollte ich herausfinden, wer als Spion arbeitete?

Ich war so in Gedanken versunken, dass ich fast an der Tür zum Arbeitszimmer vorbeigegangen wäre. Drinnen waren bereits Stimmen zu hören. Ich klopfte an und betrat den Raum.

Der Rat war schon versammelt und hielt mitten in einer Diskussion inne, um mich mit einer angedeuteten Verbeugung zu begrüßen. Ich nickte nur und setzte mich auf den Stuhl hinter dem Schreibtisch.

Dann wandte ich mich zuerst an Lonar. „Habt ihr den Aghorer finden können?", fragte ich hoffnungsvoll.

Doch der Oberste der Garde schüttelte bedauernd den Kopf. „Nein. Wir haben in der gesamten Burg, der Stadt und auch in den angrenzenden Wäldern gesucht, aber keine Spur von ihm.“

Das war keine gute Neuigkeit. „Und was schlägt der Rat jetzt vor, wie es weitergehen soll?“, fragte ich. Natürlich wusste ich, dass es eigentlich meine Aufgabe war, so etwas festzulegen. Aber ich hatte keine Idee, wie wir uns vor den Angriffen der Aghorer noch schützen konnten. Ich wartete auf eine Antwort, doch niemand sagte etwas.

Aaron lehnte neben dem Fenster. Garet stand vor dem Bücherregal an der gegenüberliegenden Wand und schien in Gedanken versunken zu sein. Lonar stand auf meiner rechten Seite neben dem Schreibtisch. Er wirkte genauso ratlos wie ich und sah aus dem Fenster.

Plötzlich sprang Tano so aufgebracht von seinem Stuhl auf, dass er diesen dabei umwarf. „Verdammt! Es muss doch irgendetwas geben, was wir tun können! Unser König wurde ermordet, unsere Königin wurde entführt und unsere neue Königin angegriffen und sollte ebenfalls entführt werden! Da können wir doch nicht nur so rumsitzen und abwarten!“, rief er verzweifelt und rannte dabei im Zimmer auf und ab.

Nach diesem Wutausbruch herrschte für einen Moment überraschende Stille. Von Tano war niemand solche harten Worte gewöhnt.

Garet stimmte ihm zu: „Du hast Recht. Wir sollten dringend etwas unternehmen. Zum Beispiel könnten wir alle überprüfen, die einst etwas mit den Aghorern zu tun hatten. Vielleicht gibt es ja wirklich einen Verräter.“ Dabei warf er einen bösen Blick in Aarons Richtung.

„Hast du einen genauen Verdacht?“, fragte Lonar, dem dieser Blick nicht entgangen war. Zweifelnd sah er zwischen Aaron und Garet hin und her.

„Nun ja", begann Garet. „Alle sind Sûra und hier aufgewachsen. Nur einer ist ein Nebelkrieger und lebte einst in Aghor. Noch dazu ist sein Vater die rechte Hand von Langar. Wie hoch ist da die Wahrscheinlichkeit, dass er der Verräter ist?", stichelte er weiter.

Während der gesamten Versammlung hatte sich Aaron bisher nicht gerührt, doch jetzt fuhr er zornig auf. „Du weißt ganz genau, dass ich seit sieben Jahren keinen Kontakt zu meinem Vater oder zu anderen Aghorern habe! Und Langar ist seitdem auch nicht mehr mein König! Warum sollte ich ihm da noch dienen?" Aaron war außer sich vor Wut.

Ich jedoch überlegte, ob Garet vielleicht Recht hatte. Allerdings traute ich mich nicht, etwas zu sagen. Doch die Möglichkeit, dass Aaron Sûrania an die Aghorer verriet, war tatsächlich sehr hoch und ich selbst hatte es ja auch schon vermutet. Trotzdem schwieg ich vorerst, um zu sehen, wie sich die Situation entwickeln würde.

Lonar hielt sich ebenfalls aus dem Streit raus und hörte nur interessiert zu.

Tano war zu seinem Bruder geflüchtet, um nicht zwischen Garet und Aaron zu geraten und schien seine eigenen Gedanken zu dieser Verrätersache zu haben.

„Weil du ihm in Wirklichkeit immer noch treu ergeben bist. Und wer garantiert uns, dass du keinen Kontakt mehr zu ihnen hast? Vielleicht war alles damals so geplant gewesen, damit du für Langar als Spion arbeiten kannst", meinte Garet boshaft.

„Ich bin damals fast gestorben! Glaubst du, ich hätte das freiwillig mitgemacht? Wahrscheinlich denken in Aghor alle, ich sei tot!", fauchte Aaron.

„Ihr werdet doch schon von klein auf so erzogen, Schmerzen einfach hinzunehmen und euch nicht zu beschweren! Also ist es gar nicht so unmöglich, dass das damals so geplant war!

Nur deshalb haben sie dich auch liegen lassen! Außerdem habe ich sowieso nie wirklich geglaubt, dass du die Seite gewechselt hast! Du bist und bleibst ein gemeiner Nebelkrieger!", entgegnete Garet.

„Nur wegen meiner Abstammung soll ich der Böse sein? Ha! Als ob ihr Sûra immer die Guten wärt. Vergiss nicht, dass auch Langar ein Sûra ist und einst auf eurer Seite stand. Wenn er sich für die andere Seite entschieden hat, kann ich das andersherum auch!"

Während des Streites waren die beiden immer weiter aufeinander zugegangen. Jetzt standen sie sich direkt gegenüber. Langsam bekam ich Angst, sie könnten eine Schlägerei beginnen. „Beruhigt euch wieder", sagte ich deshalb, doch sie hörten mich überhaupt nicht.

„Du beschuldigst mich doch nur, um von dir selbst abzulenken! Wer sagt uns denn, dass nicht du der Verräter bist?"

Diese Aussage von Aaron ließ Garet endgültig ausrasten. „Du mieser, kleiner....Du... Ich bringe dich um!", brüllte er und packte Aaron am Kragen.

Ich schrie erschrocken auf. Mein Herz begann vor Angst zu rasen und ich zitterte. Die wollten sich doch jetzt nicht wirklich gegenseitig umbringen, oder?

„Jetzt reicht es aber!", befahl Lonar streng und wollte dazwischen gehen.

Tatsächlich reagierten sie auf ihn. Aaron stieß Garet von sich weg und funkelte ihn böse an.

„Wenn ihr euch unbedingt prügeln müsst, dann geht raus. Aber nicht hier drinnen. Und außerdem, was soll die Königin von euch denken?", versuchte Lonar den Streit zu schlichten, wobei er besorgt zu mir herüber blickte.

Aaron schien sich schon wieder etwas beruhigt zu haben und senkte nun leicht beschämt den Kopf. „Verzeiht, Königin

Jania. Ich habe nur versucht, mich zu verteidigen, denn die Anschuldigungen gegen mich sind falsch. Ich bin Sûrania und dessen Herrschern seit sieben Jahren treu und werde dies auch bleiben.“

Garet schnaubte verächtlich, was ihm einen warnenden Blick von Lonar einbrachtet. Daraufhin senkte auch er sofort den Kopf. „Auch ich entschuldige mich für dieses Benehmen, Königin. Und ich versichere Euch, dass ich weder ein Verräter bin, noch dass meine Anschuldigungen so unbegründet sind, wie Aaron es hinstellt“, beteuerte Garet.

Ich nickte, auch wenn ich nicht wusste, wem von beiden ich glauben sollte. „Ich nehme eure Entschuldigungen an“, sagte ich nur.

Danach herrschte kurzes Schweigen und jeder hing seinen Gedanken und Vermutungen zu der Verrätertheorie nach, bis Tano schließlich fragte: „Liegt sonst noch etwas an, Königin?“

Ich war nach der Auseinandersetzung zwischen Aaron und Garet verwirrt und hätte daher jetzt sowieso keinen klaren Kopf für etwas Anderes gehabt. Deshalb verneinte ich. „Ich finde, wir sollten uns alle ein bisschen beruhigen und in ein paar Tagen setzen wir die Versammlung dann fort.“

Alle waren einverstanden und gingen.

In mir jedoch wuchsen Angst und Verzweiflung und die Frage, wem ich eigentlich noch trauen konnte.

Kapitel 6 – Besuch in Teyla

Da ich dringend etwas Ablenkung brauchte, hatte ich kurzfristig beschlossen, meine Freundin Tamriel zu besuchen. Ich hatte mir am Morgen eine Kutsche bestellt und war auf den Weg in den Wald von Teyla. Hier war alles etwas anders als in Sûrania.

Mitten im Wald in der Nähe von einem See, von dem aus viele kleinere Fluss- und Bachläufe abzweigten, befand sich die Baumhaussiedlung der Teylaer. Die reichen Familien hatten riesige Häuser, die an Paläste erinnerten, nur dass sie hoch oben in den Baumkronen waren. Die Ärmeren schliefen auf überdachten Plateaus. Doch auch diese wirkten gemütlich und groß genug, damit eine Familie dort leben konnte. Die einzelnen Wohnungen waren über Hängebrücken miteinander verbunden und bildeten so eine Art Netz.

Staunend sah ich mich um. Ich hatte zwar schon viel über Teyla gehört, war aber bisher noch nicht hier gewesen. Eigentlich schade, denn es war wirklich sehr schön und auch friedlich hier.

Die Kutsche hielt an und ich stieg aus. Tief atmete ich die Waldluft ein und blickte mich um. Da sah ich auch schon Tamriel, die mir zuwinkte.

Sie spielte mit ihrem Plumaweibchen Ava.

Plumas sind katzenähnliche Tiere, nur dass sie eine Schulterhöhe von etwa eineinhalb Meter haben. Die Wilden sind zwar gefährlich, doch ich wusste, dass ich vor diesem Gezähmten keine Angst zu haben brauchte. Die Teylaer beherrschen seit Generationen die Kunst des Plumazähmens und nutzen diese Tiere dann zum Reiten, so wie andere Pferde nehmen.

Das tun sie ohne jegliche Hilfsmittel. Sie setzen sich einfach auf den Rücken ihres Plumas und reiten los.

Auch wenn mir Kayar natürlich besser gefiel, fand ich Ava schön. Sie hatte wie die meisten Plumas seidiges, schwarzes Fell und dunkle Augen. Tam hatte mir von ihr erzählt, doch es war schon etwas anderes, als ich Ava jetzt zum ersten Mal selbst sah.

Der Pluma kam neugierig auf mich zu und ich hielt ihr meine Hand zum Schnuppern hin. Tam kam ihr hinterher und begrüßte mich mit einer Umarmung.

„Das ist aber eine schöne Überraschung", meinte Tamriel erfreut. „Warum hast du nicht Bescheid gesagt, dass du vorbei kommst? Ich hätte dich doch abholen können."

„Es war eher ein Spontanentschluss", antwortete ich. „Ich musste einfach mal etwas Anderes sehen und hören. Du hattest mich doch sowieso eingeladen, her zu kommen."

„Du bist auch jeder Zeit herzlich willkommen."

Während wir uns unterhalten hatten, war Kayar aus der Kutsche gesprungen und hinter mir aufgetaucht. Er begrüßte Tam mit einem Lecken über die Hand und beäugte dann neugierig den Pluma.

„Ich hoffe, die beiden vertragen sich", sagte ich noch, doch meine Sorge war unbegründet. Ava und der Schattenwolf beschnüffelten sich und leckten sich dann gegenseitig ab.

„Scheint so, als hätten sie gerade Freundschaft geschlossen", freute sich Tamriel. „Aber jetzt komm erst einmal mit. Dann führe ich dich etwas herum und zeige dir mein Zimmer."

„Gute Idee. Der erste Eindruck ist ja schon mal atemberaubend“, antwortete ich und sah mich dabei noch immer
überwältigt um.

Meine Freundin zeigte mir eine Menge und schließlich kamen wir endlich an ihrem Zimmer an. Es war wirklich toll.

Als wir eintraten, verschlug es mir sofort den Atem. Etwas
so großes und gemütlich Eingerichtetes hatte ich mitten in
einem Baum nun wirklich nicht erwartet, denn das Zimmer lag
in einer Baumkrone. Es war rund und lief nach oben etwas
spitz in ein Fenster zusammen, durch das man den Himmel
sehen konnte. Die Einrichtung bestand aus einem großen Bett
direkt unter dem Fenster, einer kleinen Schminkkommode aus
dunklem Holz und einem großen Kleiderschrank. Dieser war,
wie das Bett und die Kommode ebenfalls, mit Blumenmustern
verziert. Neben der Kommode ging es nach draußen auf einen
Balkon, auf dem ein Tisch und zwei Stühle standen.

Mein Gemach in der Burg war zwar auch toll, doch das hier
war etwas ganz anderes. Ich drehte mich gerade einmal um
mich selbst, um das Zimmer genauer zu erfassen, als Ava an
mir vorbei huschte. Sie legte sich auf eine Decke neben dem
Bett. Kayar folgte ihr und erkundete dabei den Raum.

Mir jedoch blieb gar keine Zeit mehr, mich weiter umzuse-
hen, denn Tam nahm meine Hand und zog mich quer durch
das Zimmer. „Komm mit! Vom Balkon aus kann man über
halb Teyla schauen.“

Und sie hatte Recht. Mir bot sich eine unbeschreibliche
Aussicht.

„Setz dich und dann erzähl mir, was dich beschäftigt“, sagte Tam und nahm auf einem der Stühle Platz.

„Ich weiß einfach nicht mehr, wem ich glauben soll“, begann ich verzweifelt.

Meine beste Freundin griff nach meiner Hand und drückte sie verständnisvoll. Da brachen all die Ängste und Sorgen der letzten Tage aus mir heraus. Ich begann zu weinen und Tamriel nahm mich tröstend in die Arme.

Als ich mich wieder etwas beruhigt hatte, berichtete ich ihr von dem Streit zwischen Aaron und Garet bei der gestrigen Besprechung. Es tat so gut jemanden zu haben, mit dem ich reden, und vor allem, dem ich vertrauen konnte.

„Traust du denn einem von den beiden zu, ein Verräter zu sein?“, fragte Tam, als ich mit der Erzählung fertig war.

Ich zuckte mit den Schultern. „Eigentlich kommt jeder aus dem Rat in Frage. Ich kenne sie aber alle nicht gut genug, um sagen zu können, wer der Spion ist. Auf jeden Fall muss es einen geben. Das ist die einzige Möglichkeit, warum es die Aghorer immer wieder in die Burg schaffen.“

„Vielleicht solltest du mal mit meinem Vater sprechen. Er kennt die Ratsmitglieder doch ganz gut. Allerdings ist er jetzt nicht da. Er wollte mit seinem Pluma Vanec ausreiten und kommt bestimmt erst gegen Abend wieder“, schlug die Prinzessin von Teyla vor.

Die Idee war gar nicht so schlecht. König Ragen würde mir bestimmt sagen, was er von meinen Vermutungen hielt. Ich nickte also. „Dann hätten wir dieses Problem vorerst gelöst. Aber nun lass uns über etwas anderes reden. Ich habe genug von Verrätern. Und außerdem bin ich hier, um mich abzulenken.“

„Einverstanden“, antwortete Tam.

„Gut. Dann möchte ich jetzt endlich einmal wissen, was du an Dorian auszusetzen hast.“ Ich lächelte Tamriel an. Ich kannte Garets Sohn zwar nur flüchtig, doch er machte einen netten Eindruck. Deshalb verstand ich auch nicht, warum meine Freundin ihn wie Luft behandelte.

Sie seufzte. „Eigentlich nichts. Ach, ich weiß nicht. Es ist nur…. Ich kenne ihn kaum.“

„Dann musst du ihn eben kennenlernen.“

„Ja. Aber…. Einer von uns müsste seine Heimat aufgeben. Und ich glaube nicht, dass Dorian auf seine Karriere als Berater verzichten und hier her ziehen würde. Zwar wäre er hier dann ein Prinz, aber…

Ich weiß auch nicht! Was ist, wenn er verlangt, dass ich zu ihm nach Sûrania komme? Versteh mich nicht falsch. Es gefällt mir dort. Aber Teyla vielleicht nie wieder zu sehen, ist für mich unvorstellbar. Ich bin hier zu Hause“, erklärte sie.

Verständnisvoll nickte ich. „Ich kann dich gut verstehen. Ich fühle mich hier in Teyla auch wohl und könnte mir trotzdem nicht vorstellen, aus Sûrania wegzuziehen.“

„Eben. Und außerdem: Was ist, wenn Garet der Verräter ist? Dann hängt Dorian da vielleicht auch mit drin und ich wäre mit einem Aghorer verheiratet.“ Tam schüttelte den Kopf. „Nein. Da bin ich nur froh, dass mein Vater mich nie zwingen würde, jemanden zu heiraten, den ich nicht mag.“

„Wer hatte eigentlich die Idee, dass ihr zwei ein schönes Paar wärt?“, fragte ich neugierig.

„Garet. Er war vor einigen Monaten hier aufgetaucht, um zu fragen, ob sein Sohn um mich werben dürfte. Mein Vater meint, Dorian sei eine gute Partie für mich. Und María hat natürlich nichts dagegen, wenn ich einen Adligen, der einen Platz im Rat Sûranias so gut wie sicher hat, heirate. Und als Garet dann meinte, dass dadurch die Zusammenarbeit unserer Reiche sogar noch verstärkt werden könnte, waren die letzten Zweifel meiner Eltern verschwunden und alle stimmten zu“, erzählte Tamriel.

„Alle außer dir“, ergänzte ich.

„Genau. Und ich habe bisher auch nicht vor, meine Meinung zu ändern.“

„Dorian scheint trotzdem nicht aufzugeben“, erwiderte ich grinsend.

Wir saßen noch eine ganze Weile da und unterhielten uns, bis ich schließlich gehen musste. Der Besuch bei meiner Freundin hatte gut getan und mir neue Kraft gegeben.

Kapitel 7 – Schlechte Nachricht

Als ich wieder in der Burg ankam, dämmerte es bereits. Der Himmel leuchtete in wunderschönen Orange- und Rosatönen, während die Sonne hinter den westlichen Ausläufern der Takisberge unterging. Es sah so aus, als würde sie direkt über Aghor vom Himmel fallen.

Ich war auf dem Weg in mein Gemach, als ich Schritte hörte. Kaum war ich um die nächste Ecke gebogen, wusste ich auch, wer hier durch die Gänge eilte.

Tano lief voll in mich hinein. „Königin Jania! Oh… Entschuldigt. Ich…", stammelte er.

Doch ich lächelte ihn nur an. „Ist ja nichts passiert. Aber warum hast du es denn so eilig?", fragte ich.

„Ich habe nach Euch gesucht. Es…Ihr…", stotterte Tano aufgeregt.

Ich legte ihm beruhigend meine Hand auf den Arm. „Atme erst einmal tief durch und dann sage mir, was dich so aufregt." Ich machte mir Sorgen, denn wenn der sonst so ruhige Tano so aus dem Häuschen war, musste etwas passiert sein.

„Es wurde eine Spionin gefasst", erklärte der Berater, als er langsam wieder zu Atem kam.

Überrascht sah ich ihn an. Es war also wirklich etwas passiert, während ich weg gewesen war. „Wo? Wie? Ich meine…."

„Einem der Wachen kam ihr Verhalten seltsam vor und hat Alarm geschlagen. Wir wissen aber noch nicht, wer sie ist. Nur, dass sie sich vor einiger Zeit bei der Garde reingeschmuggelt und seitdem als Wache verkleidet gearbeitet hat“, berichtete Tano.

Das konnte doch aber nicht sein! Wie sollte sie das geschafft haben? Hatte sie einen Mithelfer hier? Und wer genau war sie überhaupt? Ich merkte, wie mir schwindlig wurde und lehnte mich an die Wand.

Sofort trat Tano einen Schritt vor und nahm besorgt meinen Arm, um mich zu stützen. „Königin, ist Euch nicht gut?“

Ich schüttelte den Kopf, woraufhin er mich erleichtert wieder losließ. „Danke. Es geht schon. Diese Nachricht ist bloß etwas viel für mich. Ich meine: Wie konnten unsere Leute sie über so lange Zeit nicht bemerken? Es müsste doch auffallen, dass sie nicht dazugehört. Noch dazu, weil sie eine Frau ist und sonst ja nur Männer bei der Garde tätig sind.“

Doch der Berater zuckte hilflos mit den Schultern. „Das ist uns allen ein Rätsel. Aber vielleicht bekommen wir morgen Informationen aus ihr heraus.“

„Wo ist sie jetzt?“, fragte ich.

„Im Kerker. Garet wollte sie heute schon befragen, aber Lonar meinte, wir sollten besser auf Euch warten. Mein Bruder macht sich solche Vorwürfe, dass er den Spion nicht bemerkt hat.“ Tano klang voller Mitleid.

Ich konnte sehr gut verstehen, dass Lonar als Oberster der Garde sich die Schuld gab. Doch das Schlimmste war, dass ich mir nicht sicher sein konnte, dass er das ernst meinte. Schließlich bedeutete die Enttarnung des Spions nicht zwingend, dass es nicht einen weiteren Verräter gab. Und dann kämen nicht nur Garet und Aaron, sondern auch Tano und Lonar in Frage.

Doch darüber wollte ich mir jetzt erst mal keine Gedanken machen. Das hatte ich in den letzten Tagen ja schon genug getan. Deshalb fragte ich: „Wann wurde sie denn gefasst?“

„Vor etwa zwei Stunden", erklärte Tano. „Wir haben sofort eine Ratsbesprechung gehalten, aber…." Er stockte.

„Was aber?", hakte ich nach.

„Garet und Aaron haben sich wieder gestritten und gegenseitig als Verräter beschimpft. Deshalb hat Lonar die Versammlung dann auch endgültig abgebrochen und vorgeschlagen, auf Eure Rückkehr zu warten."

Ich stöhnte. Was war denn nur in die beiden gefahren? „Ok. Dann sage den anderen: morgen Nachmittag treffen wir uns im Arbeitszimmer. Und wenn sich Aaron und Garet dann nicht wie vernünftige und erwachsene Männer benehmen, schmeiße ich sie raus!"

„Wie Ihr befielt, Königin Jania. Ich werde es ihnen sofort ausrichten."

Tano wollte sich schon umdrehen und gehen, als ich ihn zurückhielt. „Und sorge dafür, dass niemand, wirklich niemand mit der Gefangenen spricht, bevor ich es getan habe. Also keine Magd, die Essen bringt, keine Wache und kein Ratsmitglied. Ich werde gleich morgen Früh mit ihr reden."

Der Berater nickte und deutete eine Verbeugung an, bevor er davon eilte. Ich blieb in dem düsteren Gang allein zurück und versuchte meine wirren Gedanken aufzuhalten, bevor ich noch verrückt wurde. Das war alles einfach zu viel.

Dann ging ich langsam in mein Zimmer. Dort saß bereits Bara auf dem Sofa vor den beiden Fenstern. Im Kamin brannte ein kleines Feuer. Ich lief auf sie zu und setzte mich zu ihr.

Als meine Kammerzofe von dem Buch aufsah, das sie sich aus dem riesigen Bücherregal in meinem Zimmer genommen hatte, veränderte sich ihr Gesichtsausdruck von fröhlich zu besorgt. „Jania! Du siehst ja schrecklich aus! Was ist denn passiert?", fragte sie und strich mir dabei übers Gesicht. „Ich dachte, du wolltest heute Tamriel besuchen, um dich etwas abzulenken und auszuruhen. Habt ihr euch etwa gestritten?"

Ich schüttelte den Kopf. „Nein. Der Ausflug war schön. Und danach ging es mir auch besser. Diese friedliche Stimmung in Teyla hat mir wirklich gutgetan. Außerdem hat Tam vorgeschlagen, dass ich mal mit ihrem Vater wegen der Verrätersache reden soll. Er kennt den Rat doch am besten. Aber das ist es auch nicht."

„Weshalb bist du denn dann so fertig?", fragte Bara.

Ich atmete tief durch, denn in mir stieg schon wieder diese Panik auf. „Gerade ist mir Tano über den Weg gelaufen. Sie haben bei der Wache eine Spionin entdeckt. Sie ist wahrscheinlich dafür verantwortlich, dass die Aghorer immer wieder in die Burg kommen. Und bei der Besprechung sind dann wohl auch noch Aaron und Garet wieder aufeinander losgegangen. Ach, ich weiß einfach nicht, ob ich überhaupt noch jemanden hier außer dir trauen kann."

„Ich würde dir so gerne helfen, aber das kann ich leider nicht. Jania, du musst jetzt einfach stark sein und da alleine durch", meinte Bara aufmunternd. „Ich weiß doch auch nicht, wer hier heimlich auf der anderen Seite steht."

„Mir ist doch klar, dass es dir genau wie mir geht. Aber ich habe vor allem Angst, wie es weitergehen soll. Und ich mache mir schreckliche Sorgen um Mutter", erklärte ich. „Wer weiß denn, ob sie überhaupt noch lebt?" Ich spürte, wie mir Tränen in die Augen stiegen, doch ich unterdrückte sie.

„Ich vermute, dass es ihr gut geht", meinte Bara zuversichtlich.

„Bist du dir da sicher?", fragte ich hoffnungsvoll und zugleich verzweifelt, da mir natürlich bewusst war, dass sie das nicht sein konnte.

„Ja", antwortete die beste Freundin meiner Mutter jedoch.

„Woher willst du das so genau wissen? Vielleicht hat Langar sie schon längst….“ Ich brach ab, denn das wollte ich lieber gar nicht erst aussprechen.

„Dann hätte er sie genau wie König Dragas gleich hier einfach umbringen lassen. Das hat er aber nicht. Stattdessen ließ er sie entführen und das heißt, er will sie lebend. Außerdem glaube und hoffe ich, dass er ihr nichts antut“, erklärte Bara und sah mich aufmunternd an. „Und nun hör auf, dich so fertig zu machen. Wir dürfen die Hoffnung noch nicht aufgeben. Ruh dich am besten etwas aus, und morgen sieht dann alles schon wieder anders aus.“

Etwas beruhigt nickte ich. „Ok. Dann gute Nacht“, sagte ich und drückte Bara. Ich ging in mein Schlafgemach, zog mir das Kleid aus und dafür das Nachthemd an und legte mich ins Bett.

Noch lange lag ich wach und dachte nach, bis ich irgendwann mit Erinnerungen an einige, längst vergangene und noch friedliche Tage mit meiner Mutter einschlief.

Kapitel 8 – Noranaw

In dieser Nacht schlief ich sehr schlecht. Albträume quälten mich und ich wachte immer wieder auf. Also stand ich mit den ersten Sonnenstrahlen, die in mein Zimmer fielen, auf und zog mich an.

Als ich mich auf den Weg hinab zum Kerker machte, waren die Gänge in der Burg noch fast leer. Nur hier und da liefen ein paar Diener und Kammerzofen umher, doch ich beachtete sie kaum. Dazu war ich viel zu nervös.

Schließlich hatte ich ja keine Ahnung, wer genau dort im Kerker auf mich wartete. Ich wusste nicht, wer die Gefangene war und ob sie vielleicht kooperieren würde. Also konnte ich nur hoffen, dass sie bereit war, uns zu helfen und Informationen preisgeben würde, mit denen ich eventuell sogar den Verräter enttarnen könnte.

Jedoch kam hinzu, dass ich nicht einmal wusste, wie ich die Spionin am besten befragen sollte. Bisher hatte sich mein Vater oder einer der Berater um solche Sachen gekümmert. Doch jetzt konnte niemand von ihnen diese Aufgabe übernehmen oder mir wenigstens helfen. Mein Vater war tot und den Beratern konnte ich nicht mehr vertrauen. Also musste ich es zwangsläufig selbst in die Hand nehmen. Und so schwer konnte es ja auch nicht sein, ein paar Informationen aus der Spionin rauszubekommen.

Unten angekommen atmete ich erst einmal tief durch. Ich musste ruhig und selbstbewusst wirken, sonst würde ich bestimmt gar nichts von ihr erfahren. Als ich mich stark genug für die Befragung fühlte, nickte ich der Wache zu, die vor dem Eingang zum Kerker stand. Daraufhin verbeugte sich der Wachmann leicht und brachte mich zu der Gefangenen.

Als wir um die Ecke bogen, entdeckte ich sie in einer der Zellen. Doch bevor ich mit dem Verhör begann, nickte ich dem Gardist dankend zu und deutete mit einer Kopfbewegung an, dass er uns bitte allein lassen solle.

Nachdem er gegangen war, drehte ich mich zu der Gefangenen um. Sie schaute mich mit ihren schwarzen Augen böse an. Ihre langen, dunkelbraunen Haare waren zu einem Zopf geflochten. Als ich ihre Kleidung betrachtete, bemerkte ich, warum sie nicht sofort als Frau erkannt und dadurch aufgeflogen war. Sie trug nämlich einen dunkelbraunen Lederpanzer mit einem Riemen über jeder Schulter, eine dunkelbraune Bärenlederhose und fingerlose, dunkelbraune Lederhandschuhe, sowie schwarze Lederstiefel. Außerdem musste diese Spionin eindeutig eine Ausbildung zur Kriegerin haben, zumindest sah sie so aus, weshalb ich langsam Zweifel bekam, ob sie mit mir reden würde.

„Sei gegrüßt. Ich bin Königin Jania von Sûrania", sagte ich um Freundlichkeit bemüht, doch sie zeigte keine Reaktion. „Hast du mich verstanden? He, ich rede mit dir!"

Doch noch immer blieb sie regungslos sitzen.

Langsam wurde ich ungeduldig. Wahrscheinlich dachte die Gefangene, mit Schweigen käme sie weiter, aber da hatte sie sich getäuscht. Wenn ich wollte, konnte ich sehr hartnäckig sein.

„Du hast dich in unsere Garde geschmuggelt. Warum? Und wer bist du? Eine Aghorerin?", versuchte ich weiterhin eine Antwort von ihr zu bekommen.

Da endlich kam eine Reaktion. Wenn es auch nur ein verächtliches Schnauben war.

„Dann dienst du nicht Langar?", fragte ich weiter, jetzt mit neuem Mut, dass sie antworten würde.

Und tatsächlich begann sie zu reden. „Doch. Aber ich bin keine Aghorerin."

„Woher kommst du dann? Nach einer Teyla siehst du jedenfalls nicht aus. Außerdem sind das nicht unsere Feinde, sondern unsere Freunde", meinte ich und musterte sie dabei.

„Ich gehöre dem Drachenvolk an, den Rhûn", erklärte die Spionin.

Ich hatte schon einiges von diesem Volk gehört. Sie leben hoch oben im Norden in den Takisbergen mitten im Schnee und Eis. Weil dort oben auch die letzten Drachen leben und diese von den Rhûn gezähmt werden, nennt man sie auch Drachenvolk. Da die Rhûn in solch einer einsamen Gegend leben, hatten sie sich bisher aus den Auseinandersetzungen zwischen Aghor und Sûrania herausgehalten. Doch das schien nun Vergangenheit zu sein. Allem Anschein nach hatten sie sich Langar angeschlossen und kämpften nun auf Aghors Seite.

Das war keine gute Neuigkeit, denn es bedeutete, dass wir noch mehr Feinde hatten.

Ich schüttelte diesen Gedanken ab und beschloss, später darüber nachzudenken. Jetzt musste ich erst einmal die Befragung weiterführen. „Wie heißt du?", fragte ich also, in der Hoffnung sie in ein richtiges Gespräch verwickeln zu können.

Die Gefangene antwortete auch tatsächlich. Allerdings eindeutig sehr ungern. „Noranaw."

„Ok, Noranaw. Und wie alt bist du?"

„23. Aber was soll diese ganze Fragerei?", meckerte sie und sah mich dabei böse an.

Doch ich ging darauf überhaupt nicht ein und stellte einfach die nächste Frage. „Was genau ist deine Aufgabe hier?"

„Glaubst du wirklich, ich bin so dumm und würde mein Volk verraten?", fauchte sie und sprang wütend auf. „Da täuschst du dich aber!"

Ich ließ mich nicht einschüchtern, auch wenn ich merkte, dass sie nicht so leicht aufgeben würde. „Du hast den Aghorern geholfen, in die Burg zu kommen. Das war für dich natürlich leicht. Immer wenn du Wachdienst hattest, konnten sie ungestört eindringen und so erst meinen Vater ermorden, dann meine Mutter entführen und schließlich versuchen, mich zu entführen.

Ich frage mich nur, wie du es überhaupt in die Garde geschafft hast, ohne das es jemand bemerkt hat. Du musstest also einen Verbündeten hier haben. Wen? Sag mir einfach den Namen und ich lasse dich in Ruhe in deiner Zelle sitzen. Also, hast du Unterstützung von einem der Berater?", fragte ich.

Doch Noranaw schwieg.

Ich versuchte es anders. „Hör zu. Wenn du mir hilfst, wirkt sich das nur positiv aus. Was glaubst du, was mit gefangengenommenen Feinden passiert, die nicht kooperieren wollen oder auf andere Weise nützlich sind?"

„Ich habe keine Angst zu sterben!", meinte sie. „Man wird mich befreien." Sie klang sehr überzeugt.

„Ach ja? Und wer soll das machen?", fragte ich leicht spöttisch.

Doch wieder schwieg Noranaw.

Ich seufzte. Es hatte einfach keinen Sinn, sie weiter zu befragen. Sie war viel zu stur und würde mir nichts erzählen. Ich wusste zwar, dass man auch auf andere Weise Informationen aus einem Gefangenen herausbekommen konnte, doch von Gewalt hielt ich nichts.

Also drehte ich mich ohne ein weiteres Wort um und ging. Ich hatte zwar immer noch keinen Hinweis, wer der Verräter war, aber mir würde schon noch etwas einfallen, wie ich ihn enttarnen könnte.

Kapitel 9 – Ratlosigkeit

In den nächsten Tagen versuchte ich noch mehrmals mit Noranaw zu reden, doch sie schwieg und weigerte sich, auch nur ein Wort mit mir zu wechseln. Die Tatsache, dass es eine Rhûn in die Burg und noch dazu als Spionin in die Garde geschafft hatte, verstärkte mein Misstrauen gegenüber den Beratern. Es musste einer von ihnen mit drin stecken und ich fragte mich, wer. Doch solange das nicht geklärt war, war es besser, keinem zu vertrauen.

Aber vor allem, dass ich mit niemanden außer mit Bara offen über alles sprechen konnte, belastete mich. Also ließ ich eine Nachricht nach Teyla bringen, in der stand, dass ich zu Besuch käme und mich dabei gleich mit König Ragen über das Verräterproblem beraten wollte.

Als ich dann mit der Kutsche ankam, erwarteten Königin Paría, König Ragen und Tamriel mich bereits. Ich knickste zur Begrüßung höflich, was sie mir sofort gleich taten.

„Schön Euch zu sehen, Königin", empfing mich Ragen. „Ich hoffe, es geht Euch nach der ganzen Aufregung gut."

Dabei lächelte er schelmisch, obwohl mir bewusst war, dass er sich wirklich Sorgen machte. Nein, Ragen wollte mich mit dieser übertrieben höflichen Begrüßung nur ärgern, da er ja wusste, wie unangenehm mir das immer noch war.

Doch ich machte dieses Spielchen mit. „Ich freue mich auch, Euch zu sehen. Und danke, dass Ihr Euch Zeit für mich nehmt." Ich lächelte zurück.

Diese kleine Auflockerung tat mir nach all dem Stress und Sorgen der letzten Tage und Wochen gut. Wahrscheinlich hatte Ragen das auch nur deshalb gemacht.

Ich kannte ihn sehr gut, da er sehr eng mit meinem Vater befreundet gewesen war. Ragen war oft in Sûrania zu Besuch gewesen und mit mir immer eher locker umgegangen. Für mich war er wie ein Onkel.

Daher störte es mich auch nicht, als er jetzt auf mich zukam und mir den Arm um die Schultern legte. „Meine Tochter hat mir erzählt, wie sehr dich das alles mitnimmt“, sagte er. „Jania, du weißt, wir werden dir helfen, so gut es geht. Und wenn du ein paar Tage zum Erholen brauchst…. Ich denke, Tamriel würde sich freuen, wenn du eine Weile hier bleibst.“

„Danke“, antwortete ich. „Aber ich glaube, es ist besser, wenn ich in Sûrania bleibe und die Lage von dort aus im Auge behalte.“

Ragen nickte verständnisvoll. „Das musst du selbst entscheiden. Aber das Angebot bleibt bestehen.“

Ich lächelte ihn dankbar an.

„Gut. Dann hätten wir wenigstens das schon mal geklärt. Aber du hattest aus einem anderen Grund um ein Gespräch gebeten. Komm. Drinnen können wir in aller Ruhe über alles reden.“ Er ließ mich los und ging in Richtung Eingang des Baumhaus - Palastes.

Ich hatte mich bisher nie wirklich mit María unterhalten und war daher etwas überrascht, als sie jetzt das Wort ergriff. „Königin Jania, ich weiß, wir kennen uns kaum. Doch ich hoffe, Ihr habt nichts dagegen, wenn ich an dieser Besprechung teilnehme.“

„Nein, überhaupt nicht“, erwiderte ich. „Und bitte nennt mich einfach Jania. Ohne dieses *Königin* und *Ihr*.“

Sie nickte. „Gern. Und ich bin einfach nur María“, sagte sie mit einem freundlichen Lächeln auf den Lippen.

„Wollt ihr noch länger hier draußen stehen bleiben oder können wir reingehen und uns dort weiter unterhalten?“, fragte Ragen grinsend.

María hakte sich bei ihm unter und die beiden liefen los.

Ich ging neben Tamriel hinter ihnen her. „Deine Stiefmutter ist ja richtig nett. So freundlich hatte ich sie mir überhaupt nicht vorgestellt“, flüsterte ich meiner Freundin leise zu.

„Doch, sie kann unglaublich fürsorglich sein. Ich habe ihr damals wirklich Unrecht getan. Aber es war für mich halt nicht leicht, plötzlich eine neue Mutter zu bekommen. Klar gibt es manchmal Stress, aber eigentlich mag ich sie“, flüsterte sie zurück.

Wir folgten Tams Eltern zum Arbeitszimmer des Königs. Es war ähnlich eingerichtet wie das Arbeitszimmer meines Vaters (ich hatte mich immer noch nicht daran gewöhnt, dass es jetzt meines war), nur dass die Fenster größer, und die Möbel heller und mit Ranken- und Blumenmustern bemalt waren. Dadurch wirkte alles sehr freundlich und ich fühlte mich hier sofort wohl.

„Nun, wobei genau brauchst du meinen Rat?“, fragte Ragen, als wir uns alle vier gesetzt hatten.

„Du weißt ja, dass sich der Verdacht verstärkt hat, dass es einen Verräter gibt, nach dem letzten erfolgreichen Eindringen eines Aghorers in die Burg“, begann ich.

Ragen nickte. „Natürlich. Und wie ich gehört habe, wurde vor einigen Tagen eine Spionin gefasst.“

„Ja. Eine Rhûn. Sie hatte sich als Wache getarnt und so den Aghorern Zutritt zur Burg verschafft.“

„Aber dann ist das Problem doch gelöst. Es gibt keinen Verräter, sondern die Spionin steckt hinter allem", warf Paría ein.

Ragen schaute zuerst zustimmend zu seiner Frau und dann zweifelnd zu mir. „Das sehe ich genauso, aber du scheinst anderer Meinung zu sein."

Ich nickte. „Ich frage mich, wie es eine Frau unbemerkt in die Garde geschafft hat. Bestimmt nicht allein. Ich glaube, sie hatte Hilfe, einen Verbündeten, einen der Ratsmitglieder."

„Hast du jemand Bestimmten in Verdacht?", fragte Ragen.

„Nein", antwortete ich. „Im Grunde kommen alle vier in Frage. Und genau deshalb brauche ich deine Hilfe. Du kennst sie besser und auch länger als ich. Ich hoffte, du könntest mir sagen, wer am ehesten in Frage käme."

„Schon. Aber ich würde keinem zutrauen, solch einen Verrat zu begehen. Das ist schließlich eine schlimme Anschuldigung", entgegnete Ragen.

„Ich weiß, aber einer muss der Schuldige sein. Bitte, Ragen! Ich weiß nicht mehr, wem ich überhaupt noch vertrauen kann", schluchzte ich verzweifelt.

Tam, die bisher nur zugehört hatte, kam zu mir und legte mir aufmuntern die Hand auf die Schulter. „Du kannst uns vertrauen. Und Vater wird dir helfen. Stimmt doch, oder?" Sie drehte sich fragend zu ihm um.

Der König nickte. „Natürlich. Nur bin ich genauso ratlos wie Jania. Uns fehlt einfach ein konkreter Verdacht. Natürlich wäre es für Lonar als Obersten der Garde am leichtesten gewesen, der Rhûn zu helfen. Aber für Tano wäre es auch nicht besonders schwer. Er ist immer so ruhig, dass man ihn als Letzten verdächtigen würde. Dadurch könnte er sich sehr sicher fühlen, dass man ihn nicht so schnell enttarnt. Und außerdem dürfen wir die Anschuldigungen, die sich Aaron und

Garet ständig an die Köpfe werfen, auch nicht unbeachtet lassen. Beide könnten Recht haben und hätten somit ein Motiv."

„Genau das ist mein Problem. Ich habe keine Ahnung, wer die Wahrheit sagt und wer nicht." Ich begann schon wieder zu schluchzen.

Dieses Mal stand sogar María auf. „Ist ja gut", sagte sie mitfühlend und nahm mich tröstend in den Arm.

„Wenn du Glück hast, redet die Rhûn doch noch und sagt dir, wer ihr geholfen hat", versuchte nun auch Ragen, mich aufzumuntern.

„Oder der Verräter macht einen Fehler und verrät sich selbst", meinte Tam voller Zuversicht.

Tatsächlich schafften sie es auf diese Art, mich wieder zum Lächeln zu bringen. „Ich hoffe nur, ihr habt Recht. Ansonsten weiß ich wirklich nicht mehr weiter", sagte ich.

„Du wirst sehen, alles wendet sich zum Guten", meinte María.

Ich nickte. „Danke. Ihr seid wahre Freunde, auf die man sich verlassen kann", sagte ich lächelnd.

Ja, ich konnte wirklich froh sein, dass sie so zu mir hielten und ich ihnen vertrauen konnte. Vielleicht würde sich wirklich bald herausstellen, wer der Verräter war.

Kapitel 10 – Enttarnt

Ich hatte nicht damit gerechnet, so schnell den Verräter enttarnen zu können. Aber als ich wieder in Sûrania ankam, wartetet Garet bereits auf mich. Er wirkte aufgeregt und hielt einen Vogelkäfig in der Hand. Darin saß ein Rabe. Doch es war nicht irgendein Rabe, denn er hatte ein graues Band um ein Bein gebunden. Dies diente als Erkennungszeichen und ich wusste auch für wen: Aaron.

Es kam häufig vor, dass Nebelkrieger Vögel, vor allem Raben, zähmten und als Boten einsetzten. Um sie wieder zu erkennen, markierten sie sie. Und Aarons Zeichen war ein graues Band.

Doch die Tatsache, dass Garet den Raben gefangen hatte und so nervös wirkte, beunruhigte mich. Was hatte das zu bedeuten?

„Guten Abend, Königin Jania", begrüßte er mich und senkte dabei leicht den Kopf als Zeichen seines Respektes.

„Guten Abend, Garet", erwiderte ich seinen Gruß. „Was machst du mit Aarons Raben? Ist etwas passiert?", fragte ich deutlich angespannt.

„Ja, das kann man wohl sagen. Ich habe Euch immer wieder vor Aaron gewarnt. Nun haben wir einen Beweis", sagte er ernst.

„Einen Beweis? Wofür?", fragte ich und hatte bereits eine Vermutung.

Und tatsächlich bestätigte Garet meinen Verdacht gleich darauf. „Dafür, dass er der Verräter ist."

Diese Nachricht war zwar schrecklich, aber zugleich die Beste, die er mir überbringen konnte. Ich atmete erleichtert auf.

„Dann ist es endlich vorbei. Wir haben ihn", sprach ich mehr zu mir selbst.

Natürlich fand ich es enttäuschend, dass Aaron meine Familie und mich so hintergangen hatte, aber ich hatte ihm von Anfang an nicht ganz getraut.

„Was ist denn nun der Beweis?", fragte ich Garet neugierig und schaute dabei zweifelnd auf den Raben im Käfig.

„Sein Rabe kam völlig erschöpft hier an und legte zuerst eine Verschnaufpause in meinem Fenster ein. Ich habe mich gewundert, woher er kam und war zugegeben auch einfach neugierig, mit wem Aaron denn Briefverkehr hatte. Deshalb fing ich den Raben ein und las die Nachricht, die ja eigentlich für Aaron bestimmt war."

„Von wem stammt sie? Und was steht drin?", unterbrach ich ihn aufgeregt.

„Schaut selbst", antwortete Garet und hielt mir einen kleinen Zettel hin.

Darauf stand in einer fremden Handschrift:

Gute Arbeit, mein Sohn. Aber du hättest verhindern müssen, dass Noranaw erwischt wurde. Wir müssen den Plan jetzt ändern. Das Beste ist, wenn du Dragas Tochter endgültig aus dem Weg räumst, bevor man unser Vorhaben durchschaut. S.

Als ich das las, war ich geschockt und wurde blass. Aaron hatte den Auftrag, mich zu töten! Doch von wem? Wer war *S.*?

Im nächsten Augenblick jedoch wurde es mir klar: Salec, Aarons Vater. Deshalb wurde er in dem Brief auch mit *mein Sohn* angesprochen.

Ich schluckte. Das hieß, Aaron hatte uns also wirklich die ganze Zeit über belogen. Er hatte noch Kontakt zu seinem Vater. Und sie verfolgten einen grausigen Plan. Ich konnte wirklich froh sein, dass Garet den Brief abgefangen hatte. Wer weiß, was sonst alles passiert wäre. Doch jetzt war die größte Gefahr überstanden.

„Wurde er schon verhaftet?", fragte ich, als ich mich schließlich wieder beruhigt hatte.

Garet schüttelte den Kopf. „Nein. Ich habe es noch niemanden gesagt. Ich wollte zuerst Euch Bescheid geben."

„Gut. Dann sorge dafür, dass Aaron so schnell wie möglich in den Kerker kommt."

„Wie Ihr wünscht, Königin." Garet wollte gerade gehen, als er sich noch einmal umdrehte. „Ich hätte noch eine Frage, Königin: Was soll nun aus dem Raben werden?"

Ich sah den herrlichen Vogel an. Sein schwarzes Gefieder glänzte und er blickte mich aus zwei dunklen, intelligenten Augen neugierig an. „Ich werde mich um ihn kümmern", antwortete ich spontan und nahm Garet den Käfig ab.

Als er gegangen war, blieb ich noch eine Weile stehen, um die Ereignisse zu verarbeiten. Während ich so mit dem Käfig in der Hand da stand, tauchte plötzlich ein anderer Rabe auf. Er drehte Kreise über mir, krächzte und landete schließlich vor mir auf dem Boden. Neugierig beobachteten die beiden Vögel sich.

„Lusika, komm sofort her!"

Ich drehte mich überrascht um, damit ich sehen konnte, wer da gerufen hatte, als auch schon Dorian angerannt kam.

Kurz bevor er den Raben erreicht hatte, flog dieser auf und begann, über uns zu kreisen.

„Wenn du nicht sofort mit diesen Spielchen aufhörst, rupfe ich dich!"

Ich musste kichern. Wie Dorian das wohl anstellen wollte, solange der Rabe durch die Lüfte flog?

Erst jetzt schien er mich überhaupt zu bemerken. „Oh. Königin Jania. Entschuldigt, ich hatte Euch gar nicht gesehen."

„Ist schon ok", sagte ich, woraufhin Dorian erleichtert lächelte.

Er wandte sich auch gleich wieder an den Vogel. „Lusika, es reicht! Komm endlich her!"

Tatsächlich gehorchte der Rabe dieses Mal. Dorian streckte seinen Arm aus. Doch in dem Moment, als der Vogel landen wollte, verwandelte er sich in ein kleines Eichhörnchen, das an Dorians Arm bis zu dessen Schulter hochkletterte.

„Das ist ja süß!", rief ich. „Hast du etwa ein neues Haustier? Einen Gestaltwandler?", fragte ich und streckte dabei meine Hand aus, um das Eichhörnchen zu streicheln.

„Ja. Sie heißt Lusika. Sie ist noch ein bisschen ungestüm, aber ich denke, das legt sich noch", antwortete Dorian.

„Wie alt ist sie denn?", fragte ich, während Lusika ihren kleinen Kopf an meine Hand kuschelte.

„Vier Monate. Ich habe sie erst seit zwei Wochen. Seit Lusika vor einigen Tagen herausgefunden hat, dass sie sich in praktisch jedes Tier verwandeln kann, macht sie nur Unsinn. Aber wirklich böse sein, kann ich ihr eigentlich nie und das weiß sie auch." Er lachte, kraulte ihren Kopf und sah dann zu dem Raben im Käfig. „Auch ein neues Haustier?", fragte Dorian grinsend.

„Nein. Das ist Aarons Rabe", erklärte ich.

„Aber warum hast du…. Verzeiht. Warum habt Ihr ihn dann?", fragte er erstaunt.

„*Du* ist schon in Ordnung." Ich lächelte, wurde jedoch sofort wieder ernst. „Aaron sitzt im Kerker. Dein Vater hat ihn als Verräter enttarnt."

„Oh. Aaron war es? Naja, Vater hatte ihn ja von Anfang an in Verdacht", meinte Dorian nachdenklich. „Dann wird es jetzt hoffentlich ruhiger."

„Ja. Hoffe ich auch. Dann noch einen schönen Abend. Und pass gut auf deine Lusika auf", sagte ich schmunzelnd.

„Mach ich. Ach so. Äh, du warst doch heute in Teyla, oder?"

Ich nickte.

„Hat Tamriel…. Also…. Ich meine…. Hat sie mal von mir gesprochen?" Dorian wurde knallrot.

„Nein. Aber ich glaube, dass sie nicht ganz so empfindet wie du", erklärte ich ihm, bemüht, ihn nicht zu sehr vor den Kopf zu stoßen oder seine Gefühle zu verletzen.

„Aber warum? Was mache ich falsch?", fragte er sichtlich verzweifelt.

„Nichts", beruhigte ich ihn. „Tam hat einfach Angst. Du musst versuchen, sie zu verstehen. Sie kennt dich kaum. Und außerdem ist das alles im Grunde über ihren Kopf hinweg entschieden worden. Sie hatte gar keine Wahl. Von heut auf morgen war sie verlobt. Und Tam will ihre Heimat nicht aufgeben und hierher ziehen. Aber sie weiß, dass sie das andersherum auch nicht von dir verlangen kann. Gib ihr einfach etwas Zeit", riet ich Dorian.

Er nickte. „Wenn du meinst. Du kennst sie besser. Bist schließlich ihre beste Freundin. Ich will wirklich nicht, dass sie wegen mir unglücklich ist. Wenn sie mich nicht will, dann muss ich das akzeptieren. Aber ich…. Sie bedeutet mir sehr viel."

„Ich weiß. Sie mag dich auch, aber eben nicht auf die gleiche Art und Weise wie du sie.“

„Danke. Und einen schönen Abend noch.“ Mit diesen Worten drehte Dorian sich um und ging. Es war deutlich, dass ihm das Gespräch peinlich gewesen war und er einfach nur noch weg wollte.

Ich sah ihm nach und schmunzelte. Wir waren mitten im Krieg, der König war tot, die Königin entführt, eine Spionin und ein Verräter saßen in unserem Kerker und Dorians größtes Problem war, was Tam von ihm hielt.

„Manchmal ist die Welt wirklich seltsam, nicht Rabe?“ Er krächzte. „Dann stelle ich dir mal Kayar vor“, sagte ich und machte mich auf den Weg in mein Zimmer.

Kapitel 11 – Geflohen

Am nächsten Tag saß ich mit den Beratern im königlichen Arbeitszimmer. Ich hatte zu Beginn der Besprechung die neue Lage geschildert und einen Gardisten losgeschickt. Nun warteten wir darauf, dass die Wache Aaron aus dem Kerker holte und zu uns brachte.

Vielleicht würde Aaron alles gestehen oder uns sogar helfen. Vielleicht würde er dieses Mal wirklich die Seite wechseln. Aber das waren nur Wünsche von mir. Auch Lonar und Tano, die gerade erst erfahren hatten, dass Aaron der Verräter war, schienen ähnliche Hoffnungen zu haben.

„Ich kann es einfach immer noch nicht glauben. Warum macht er so etwas nur?", meinte Tano und schüttelte fassungslos den Kopf.

„Ich hatte ihn schon länger verdächtigt. Auch wenn er gestern Abend alles abstritt, bin ich überzeugt, dass er schuldig ist. Der Beweis ist eindeutig", erklärte Garet und deutete auf den Brief, der auf dem Tisch lag.

„Stimmt. Aber trotzdem wünschte ich, es wäre nicht so. Es ist wirklich schade. Aaron war uns immer sehr hilfreich. Ich hatte immer gedacht, er würde sich hier wohlfühlen und Sûrania treu sein. Aber das scheint nie der Fall gewesen zu sein", sagte Lonar nachdenklich.

Ich konnte ihm ansehen, wie sehr ihn das alles mitnahm. Lonar war eng mit Aaron befreundet und hatte viel von ihm gehalten. Es musste unheimlich schwer für ihn sein, jetzt zu erfahren, dass Aaron ihn die ganze Zeit über hintergangen hatte.

Plötzlich wurden wir alle aus unseren Gedanken gerissen, als die Tür aufschlug und der Gardist hereingestürzt kam.

„Er ist weg! Die Zelle ist leer! Er ist verschwunden!“

„Wie kann das sein?“

„Was meinst du mit *weg*?“

„Aber er kann doch nicht einfach so verschwinden!“

Alle waren überrascht aufgesprungen und schrien durcheinander.

„Ruhe! So kommen wir doch nicht weiter!“, brüllte ich, um sie wieder zur Vernunft zu bringen. Tatsächlich herrschte kurz danach Stille.

„Geht doch. Und nun berichte, was genau passiert ist“, befahl ich der Wache.

„Natürlich, Königin.“ Der Gardist war völlig fertig. Er schien die Treppen hinaufgerannt zu sein und holte nun erst einmal tief Luft. „Also wir hatten die ganze Nacht zwei Männer unten postiert, um die Gefangenen zu bewachen. So, wie Ihr befohlen hattet. Es war auch nichts Auffälliges passiert. Es war die ganze Zeit über ruhig geblieben. Als ich jetzt mit den beiden Gardisten Aaron holen wollte, war er nicht mehr da. Die Tür war jedoch verschlossen und es gab auch keine anderen Anzeichen für eine Flucht. Es scheint, als hätte er sich einfach in Luft aufgelöst.“

„Verdammt“, stöhnte Lonar, als die Wache das sagte, und ließ auf den Stuhl vor dem Schreibtisch fallen.

„Was ist?“, fragte Tano seinen Bruder überrascht.

„In den Zellen gibt es Fenster, oder?“, wollte Lonar wissen, ohne auf die Frage einzugehen.

Der Gardist nickte nur. „Aber da passt niemals ein erwachsener Mensch durch, falls du darauf hinaus willst. Sogar für ein Kind wäre die Öffnung zu klein.“

Lonar schüttelte den Kopf. „Das meine ich nicht. Aber wir haben Anfang November. In der Dämmerung wird ist es neblig. Der Nebel zieht dann durch die Fenster in den Kerker. Und Aaron ist ein Nebelkrieger.“

Da verstand ich, worauf Lonar hinaus wollte. „Natürlich. Und Nebelkrieger können ihre Gestalt im Nebel auflösen. Er hat sich tatsächlich in Luft, oder besser gesagt in Nebel, verwandelt und so durch das Fenster fliehen können“, beendete ich seine Gedanken und schüttelte fassungslos den Kopf.

„Genau. Und wahrscheinlich tat Aaron das bereits gestern Abend. Da er im Nebel unsichtbar ist, war es ein Leichtes für ihn, an den Stadtwachen vorbei zu kommen. Er ist sicherlich schon außerhalb der Stadt. Das würde bedeuten, dass er eine Nacht Vorsprung hat. Ihn jetzt noch zu finden, ist praktisch unmöglich. Bestimmt ist er schon in Aghor oder hat sich in den nahen Wäldern und Sümpfen versteckt“, meinte Lonar.

Es herrschte bedrücktes Schweigen. Jeder machte sich seine eigenen Sorgen, wie es nun weiter gehen würde und ärgerte sich, nicht eher an diese Fluchtmöglichkeit gedacht zu haben.

Plötzlich kam mir eine böse Ahnung. „Was ist mit der Rhûn?“

„Was soll mit ihr sein? Sie sitzt da unten und starrt die Wände an“, antwortete der Gardist und verstand nicht, was ich meinte.

„Ja. Noch. Aber meine Sorge ist: Was ist, wenn Aaron mit dem Nebel nächste Nacht zurückkommt und sie befreit?“

Alle sahen mich schockiert an. Daran hatte bisher niemand gedacht.

„Wir müssen sie woanders hinbringen. Dann ist die Chance auf jeden Fall größer, dass er sie nicht befreien kann", schlug Lonar vor.

Alle nickten zustimmend. Die Idee war wirklich gut.

„Wie wäre es mit einem der Gästezimmer? Sie liegen viel zu hoch, als das sie durch das Fenster fliehen könnte und vor der Tür könnten wir Wachen postieren. Außerdem würde Aaron sie dort niemals vermuten. Und selbst wenn er sie findet, haben wir ihm damit auf jeden Fall einen Strich durch seinen ursprünglichen Befreiungsplan gemacht", erklärte Tano seine Idee.

„Du hast Recht. Der Vorschlag klingt gar nicht so schlecht", sagte ich anerkennend, was Tano stolz lächeln ließ.

„Dann sollten wir uns am besten sofort darum kümmern", sagte Garet. „Wenn Ihr nichts dagegen habt, Königin, bereite ich die Gefangenenverlegung vor."

Ich nickte, woraufhin er das Arbeitszimmer mit zügigen Schritten verließ.

„Braucht Ihr mich dann noch?", fragte die Wache.

„Nein", antwortete ich. „Aber du könntest mit Garet mitgehen und ihm helfen."

Der Gardist nickte, deutete eine Verbeugung an und ging ebenfalls.

Lonar und Tano diskutierten noch eine Weile, warum sie nie bemerkt hatten, dass Aaron noch immer Kontakt zu seinem Vater gehabt hatte.

Doch ich blieb nicht lange. Ich war einfach erleichtert, dass wir den Schuldigen nun kannten, auch wenn er uns entwischt war. Jetzt war es hier in der Burg wenigstens wieder sicher, dachte ich zumindest.

Kapitel 12 – Getäuscht

Tatsächlich war es in den nächsten Tagen ruhig. Es passierte überhaupt nichts und von Aaron fehlte weiterhin jede Spur, was ja aber auch nicht anders zu erwarten gewesen war.

So ging ich eines Mittags total im Gedanken versunken durch die Burg. Ich machte mir keine Sorgen wegen Aarons gelungener Flucht oder seines weiteren Vorhabens, sondern um meine Mutter.

Zwar war die größte Aufregung nun vorbei, doch noch immer blieb die Frage, was aus ihr werden würde. Wahrscheinlich saß meine Mutter in den Kerkern Aghors und wartete darauf, dass wir sie befreien würden. Das hieß, sollte sie überhaupt noch am Leben sein. Ich wollte mir gar nicht vorstellen, was Langar ihr schon alles angetan haben könnte. Sie fehlte mir und ich machte mir schreckliche Sorgen um sie, jedoch fand ich keine Möglichkeit, ihr zu helfen.

Als ich so nachdachte, stieß ich auf einmal mit jemandem zusammen.

„Königin Jania, da seid Ihr ja! Ich habe Euch schon überall gesucht!"

Vor mir stand Dorian und sah mich aufgeregt an. Ich spürte, wie Angst in mir aufstieg. An seinem Gesicht war deutlich abzulesen, dass irgendetwas passiert sein musste.

„Was ist los?", fragte ich besorgt.

„Ich… muss dringend… mit dir…mit Euch reden", stotterte er und sah sich dabei ständig um, so als hätte er Angst, jemand könnte uns beobachten.

„Beruhige dich erst einmal. Und ich sagte schon: *Du* ist ok."

Dorian nickte und holte tief Luft. „Ist dir jemand gefolgt oder hast du sonst irgendjemanden gesehen?", fragte er.

„Nein. Wieso fragst du?"

„Weil das, was ich dir zu sagen habe, sehr wichtig ist. Ich habe letzte Nacht nämlich etwas beobachtet, was du dringend wissen solltest", begann Dorian schließlich. „Ich hätte zwar gedacht, dass das Verschwinden der Gefangenen spätestens am Morgen auffallen müsste, aber das ist es nicht."

„Moment", unterbrach ich ihn. „Sagtest du gerade, Noranaw sei geflohen?"

Dorian nickte. „Um genau zu sein, wurde sie befreit."

„Von wem? Hat Aaron es doch geschafft? Warum hast du das dann nicht gleich gemeldet?", fragte ich aufgebracht.

„Weil alles ganz anders ist, als wir dachten. Aber am besten, ich beginne von ganz vorne. Also, ich war gestern Abend noch etwas mit Lusika draußen, du weißt schon, meiner Gestaltwandlerin. Und als ich reingehen wollte, gefiel ihr das wohl nicht und sie ist weggerannt. Natürlich wollte ich sie wieder einfangen und bin ihr deshalb bis in den östlichen Teil der Burg gefolgt, dahin, wo auch die Gästezimmer sind.

Ich hatte Lusika gerade erwischt, als ich plötzlich zwei Stimmen hörte. Die eine gehörte einer Frau und die andere meinem Vater. Ich wollte wissen, mit wem er dort redete und bin daher näher geschlichen. Ich sah, dass die Tür eines Zimmers offen stand. Des Zimmers, in welchem die Rhûn gefangen gehalten wurde. Die Wache saß vor der Tür und schlief. Ich vermute, dass Vater ihr einen Schlaftrank gegeben hatte.

Jedenfalls hörte ich, wie er sagte, es täte ihm leid, dass er sie nicht eher hätte befreien können. Aber nun wäre es so weit. Er hätte dafür gesorgt, dass sie unbemerkt fliehen könnte. Daraufhin bedankte die Rhûn sich und fragte, wie es jetzt weitergehen würde. Schließlich war nun auch Plan B schief gegangen und Aaron abgehauen. Doch Vater meinte, er würde sich noch etwas einfallen lassen.

Danach verließen beide das Zimmer und ich bin mit Lusika auf dem Arm einfach weggerannt. Ich hatte Angst, dass sie mich entdecken könnten. Ich meine, mein Vater ist ein Verräter. Wer weiß schon, zu was er alles fähig ist? Ich habe seitdem versucht, mir nichts anmerken zu lassen und ihm aus dem Weg zu gehen.

Verstehst du, nicht Aaron, sondern mein Vater war es! Er hat das alles so eingefädelt. Er hat den Aghorern den Zutritt zur Burg ermöglicht, Noranaw in die Garde geschmuggelt und den Verdacht absichtlich auf Aaron gelenkt.

Ich glaube, er hatte von Anfang an nur das Ziel, selbst auf den Thron zu kommen. Und im Moment bist du die Einzige, die ihm dazu noch im Weg steht. Jania, du bist in Gefahr!"

Dorian schüttelte mich, als ich nicht reagierte. Während er erzählt hatte, hatte ich mich weder bewegt noch etwas gesagt. Und das konnte ich auch jetzt noch nicht. Dazu war ich einfach viel zu geschockt. Ich hatte gedacht, es sei so gut wie vorbei und wir müssten nur noch meine Mutter befreien, damit alles wieder in Ordnung wäre. Aber ich hatte mich getäuscht. Nichts war in Ordnung, weil nichts so war, wie es schien.

Ich brauchte eine Weile, bis ich bemerkte, wie besorgt mich Dorian noch immer ansah.

„Ist alles ok?", fragte er und ich nickte schwach.

„Wenn Garet der Verräter ist, ändert das alles", sagte ich und dachte bereits darüber nach, was ich nun tun sollte. Doch die Situation schien aussichtslos und mir fiel nur eine Möglichkeit ein. „Okay. Dorian, du musst mir jetzt etwas versprechen. Du darfst das Alles niemandem sagen. Es ist besser, wenn vorerst niemand etwas davon erfährt. Außerdem werde ich fliehen."

Dorian unterbrach mich. „Aber wenn wir Lonar und Tano Bescheid sagen würden und Vater einsperren…?"

„Nein. Denn was ist, wenn es ihm gelingt, zu fliehen? Wir haben doch keine Ahnung, was dann passiert. Angenommen meine Mutter lebt noch, dann könnte das ihren Tod bedeuten. Und was, wenn Langar Sûrania direkt angreift? Zusammen mit den Rhûn?

Nein Dorian, es ist besser so, glaub mir. So kannst du Garet im Auge behalten. Und außerdem werde ich meine Zofe Bara einweihen. Wenn irgendetwas ist, kannst du mit ihr reden. Es ist sicherer, wenn ihr beiden die Einzigen seid, die Bescheid wissen. Ich vertraue Euch."

„Und was ist mit König Ragen? Willst du ihn nicht auch mit einweihen? Er könnte sicher helfen", warf Dorian ein.

„Vielleicht. Aber ich will ihn da nicht mit hineinziehen. Das ist eine Sache zwischen Sûrania und Aghor. Und denk an Tamriel. Was, wenn ihr dadurch etwas zustößt?"

Er blickte bedrückt nach unten. Natürlich wollte er sie nicht in Gefahr bringen.

„Nein, ich kann nicht hier bleiben. Ich weiß zwar noch nicht, wo ich hin soll, aber mir fällt schon noch etwas ein. Irgendwie werde ich eine Lösung finden. Aber vorerst brauche ich etwas Abstand zu der ganzen Sache.

Und ich glaube außerdem, wenn ich weg bin, ist es für euch alle hier sicherer. Verstehst du? Ich will nicht, dass irgendjemandem, weder dir noch Bara, Lonar, Tano oder dem Volk etwas passiert."

Dorian nickte. „Ja. Nur wenn du weg bist, wird Vater die Chance sicher nutzen und sich zum König krönen. Dann hat er sein Ziel erreicht“, sagte er bitter.

Ich schüttelte jedoch den Kopf. „Wenn er es sofort täte, wäre es zu auffällig. Er wird einige Zeit warten müssen, damit er nicht gleich enttarnt wird. Bitte Dorian, versprich mir, dass du dich an das hältst, was wir gerade besprochen haben“, flehte ich ihn an.

„Natürlich. Jania, du kannst mir vertrauen. Ich bin nicht so wie mein Vater“, antwortete er.

„Ich weiß“, sagte ich, lächelte ihn dankbar an und machte mich dann so schnell wie möglich auf den Weg zu Bara.

Kapitel 13 – Das Geheimnis

Bara war, wie ich vermutet hatte, in ihrem Zimmer, welches direkt neben meinem lag. Bevor ich den Raum betrat, schaute ich mich um, um sicher zu gehen, dass niemand mir gefolgt war und flüchtete dann hinein.

Als ich so hereingestürzt kam, sah sie mich erschrocken an. „Jania, was ist denn passiert? Du siehst ja richtig blass aus!", rief sie besorgt. Bara kam sofort zu mir und führte mich erst einmal zu einem kleinen Sofa, welches rechts an der Wand stand.

Ich setzte mich und spürte, wie ich mich langsam beruhigte. Hier war ich zumindest vorerst in Sicherheit und Bara konnte ich vertrauen.

„Nun sag schon. Was hast du?" Bara setzte sich neben mich und nahm tröstend meine Hand.

„Es ist etwas sehr Schreckliches und vollkommen Unerwartetes geschehen", antwortete ich ihr. „Aber das erkläre ich dir beim Packen." Ich stand auf und zog sie mit mir hoch.

„Du willst packen? Aber wieso denn? Wohin willst du denn?", fragte meine Kammerzofe.

„Das weiß ich noch nicht. Auf jeden Fall weg."

Ich war bereits auf den Weg zur Tür und Bara folgte mir ins Nachbarzimmer. Dort ging ich zu meinem Kleiderschrank und kramte aus dem oberen Fach eine relativ große Umhänge-tasche und legte sie aufs Bett. Bara trat zu mir und wir suchten gemeinsam das Wichtigste zusammen. Keine Ballkleider, sondern einfach geschnittene und bequeme Sachen.

„Darf ich nun endlich den Grund für deinen überstürzten Aufbruch erfahren?", fragte Bara.

„Ich habe gerade Dorian getroffen, der mir etwas Unvorstellbares berichtet hat."

Und so erzählte ich ihr, was ich soeben von Dorian erfahren hatte. Ich konnte Bara ansehen, wie sie blass wurde.

Auch sie hatte gedacht, Aaron sei der Verräter und die größte Gefahr nun vorüber. Als die Zofe jetzt jedoch erfuhr, dass Garet hinter allem steckte, war sie genauso überrascht wie ich eben und setzte sich vor Schreck auf das Bett. Sie schüttelte verzweifelt den Kopf und murmelte irgendetwas von *Warum ist oft nichts so, wie es scheint?* Ich merkte ihr an, dass sie irgendwie traurig war und sie etwas bedrückte.

„Hast du was?", fragte ich besorgt und setzte mich zu ihr.

Doch Bara schüttelte den Kopf, stand auf und ging dann in Richtung Tür. „Ich hole aus der Küche etwas Brot, Obst und Wasser als Proviant. Ich komme gleich wieder", versprach sie.

„Ok. Aber pass auf, dass niemand etwas ahnt."

„Natürlich. Mach dir keine Sorgen. Wir schaffen das alles schon irgendwie", versicherte sie voller Hoffnung.

Als Bara mit dem Essen und Trinken zurückkam, wirkte sie noch immer bedrückt. Während wir den Proviant für meine Reise ins Ungewisse einpackten, begann sie auf einmal zu erzählen.

„Es gibt da etwas, was du, glaube ich, wissen solltest."

„Was denn?", fragte ich, neugierig, was sie so beschäftigte.

Bara seufzte. „Ich weiß nicht, wie ich es dir sagen soll. Und eigentlich hat deine Mutter mir damals verboten, es überhaupt irgendjemandem zu sagen. Aber ich glaube, es ist an der Zeit, dass du die Wahrheit erfährst", sagte sie.

„Wovon redest du? Was für eine Wahrheit?", fragte ich total verwirrt.

Bara suchte nach Worten, bis sie schließlich tief Luft holte und sagte: „Dragas war nicht dein leiblicher Vater."

„Was? Aber wer…?" Ich war verblüfft. Wie konnte das sein? Warum hatte man mir nie etwas gesagt? Dragas hatte mich doch immer wie eine Tochter behandelt. Er und Mutter hatten sich doch geliebt. Wenn er nicht mein Vater war, wer denn dann?

Ich schüttelte den Kopf. Nein, Bara musste sich irren.

Sie schien zu bemerken, dass ich Zweifel hatte. „Ich weiß, das kommt sehr überraschend für dich, aber es stimmt."

Ich sah Bara ungläubig an. Nie hatte sie mich belogen. Also warum sollte sie es jetzt tun? Nein, wenn Bara das sagte, traf es auch zu. „Wer ist denn mein Vater?", fragte ich etwas stockend.

Wieder seufzte Bara. Schließlich kam als Antwort: „Langar."

„Langar?!", schrie ich entsetzt. Mit allem hatte ich gerechnet: einer der Berater, eine Wache oder sogar ein Stallbursche. Es war mir egal, welchen Rang mein Vater hatte. Mit allem hätte ich leben können, aber ER? Ich war so geschockt, dass ich mich zitternd setzte. „Bist du dir da sicher?", fragte ich Bara, in der Hoffnung sie würde sich täuschen.

„Ja. Ganz sicher."

„Aber das kann doch nicht sein. Ich meine, er ist böse und… Mutter hätte nie mit ihm…"

Bara legte sacht den Arm um mich und strich mir eine Strähne aus dem Gesicht. „Weißt du, Langar war nicht immer so. Aber am besten ich erzähle dir die Geschichte von vorn", begann Bara.

„Damals, deine Mutter war etwa in deinem Alter, war Langar ein gutaussehender, netter, junger Adliger. Er liebte Solana und hat richtig um sie geworben, ihr Blumen, Schmuck und andere Geschenke gemacht. Deine Mutter hat seine Gefühle erwidert und die beiden waren ein schönes Paar.

Bis Dragas auftauchte. Auch er war in Solana verliebt und wollte die junge Prinzessin gerne heiraten.

Sie mochte Dragas sehr, aber ihr Herz gehörte einzig und allein Langar. Da sie keinem von beiden wehtun wollte, ließ Solana sie es in einem Kampf entscheiden. Keiner durfte den anderen verletzen. Es ging allein darum, wer als Erster sein Schwert verlor.

Deine Mutter hat damals darauf vertraut, dass Langar gewinnen würde. Doch das tat er nicht. Da sie jedoch versprochen hatte, den Sieger zu heiraten, musste sie sich von Langar trennen. Er versuchte noch eine ganze Weile, sie zurückzugewinnen. Doch als dann die Hochzeit war, sah Langar ein, dass er Solana verloren hatte.

Er hasste Dragas deshalb und wendete sich gegen ihn. Er drohte dem neuen König und schmiedete Pläne, ihn zu stürzen. Als diese missglückten und er wegen Verrat verhaftet werden sollte, floh er in den Westen.

Dort baute er mit den Nebelkriegern, die ihm gefolgt waren, Aghor auf und verfolgte seine Pläne weiter. Er wusste damals nicht, dass Solana bereits vor der Hochzeit mit Dragas schwanger war. Alle dachten, der neue König sei der Vater des Kindes. Nur deine Mutter wusste, dass das nicht der Fall war. Sie hatte schon vorher gemerkt, dass sie ein Kind erwartete, nur konnte sie das niemandem sagen.

Stell dir vor, was passiert wäre, wenn ihre Eltern erfahren hätten, dass sie zum Zeitpunkt der Hochzeit keine Jungfrau mehr war. Und dass ihr Kind dann auch noch von einem anderen Mann war, als dem, den sie heiratete.

Deshalb schwieg Solana und vertraute sich nur mir als ihre beste Freundin an. Weder hat Dragas je erfahren, dass du nicht von ihm bist, noch hat Langar eine Ahnung, dass du seine Tochter bist." Bara sah mich mitfühlend an und versuchte herauszufinden, was ich dachte.

Doch ich brauchte ein paar Minuten, um das zu verarbeiten. Schließlich fand ich meine Stimme wieder und fragte etwas stockend: „Hat Langar deshalb Vater, ich meine Dragas, ermorden lassen?"

„Ich denke schon. Mit Hilfe von Garet und der Rhûn hatten seine Krieger endlich Zutritt zur Burg und er konnte sich an Dragas rächen", erklärte Bara ihre Vermutung.

„Aber warum hat er dann Mutter entführt? Weil er ihr die Schuld gibt, dass sie damals Dragas und nicht ihn geheiratet hat?" Ich begann zu schluchzen. „Wenn er sie nun aus Rache quält oder noch schlimmer, wenn er sie…"

„Das glaube ich nicht", erwiderte Bara voller Zuversicht. „Wahrscheinlich liebt er sie noch immer, nur dass er das nie zugeben würde. Er wird deine Mutter sicher gut behandeln. Es geht ihm bestimmt nur darum, an den Thron zu kommen und dich aus dem Weg zu räumen. Schließlich denkt er, du seiest Dragas Tochter."

„Und was soll ich jetzt tun?", fragte ich verzweifelt.

„Deine Idee, vorerst zu verschwinden, ist nicht schlecht. Aber wie wir das Problem dann lösen sollen, weiß ich nicht", antwortete Bara.

„Gut. Dann tauche ich erst einmal unter und danach sehen wir weiter", sagte ich entschlossen. Ich stand auf und drückte Bara, so fest ich konnte.

„Pass gut auf dich auf", sagte sie mit Tränen in den Augen.

„Das werde ich. Und sei du auch vorsichtig. Wir wissen nicht, wozu Garet noch fähig ist", sagte ich traurig. Bara würde mir fehlen, auch wenn wir uns hoffentlich irgendwann wiedersehen würden.

Danach verließ sie das Zimmer. Ich wartete noch, bis es dunkel wurde und ging dann mit meiner Tasche um die Schultern gehängt, Kayar neben mir, der mich natürlich begleiten würde, und dem Käfig mit Aarons Raben in der Hand los. Warum ich den Vogel mitnahm, wusste ich selber nicht. Es war nur so ein Gefühl, dass ich ihn brauchen könnte.

Also schlich ich mich gemeinsam mit meinem Schattenwolf und dem Raben aus der Burg. Ich würde bis zum Morgengrauen warten und wenn die Tore für die ersten Händler, die wegen des Marktes jeden Tag herkamen, geöffnet wurden, würde ich die Stadt verlassen und fliehen.

Wohin auch immer mein Weg mich führen würde.

Kapitel 14 – Gefährliche Natur

Die Sonne ging bereits langsam unter, als ich endlich einen geeigneten Schlafplatz fand. Die Flucht hatte problemlos geklappt. Den ganzen Tag über war ich durch den Wald gelaufen, was aufgrund der vielen Büsche und tiefhängenden Äste und Zweige recht mühsam war. Zwischendurch hatte ich immer wieder kleinere Pausen eingelegt. So lange Märsche war ich einfach nicht gewohnt.

Doch obwohl mir nach nur einem Tag die Beine wehtaten und es nun auch noch begann, dunkel zu werden, fühlte ich mich so gut, wie lange nicht mehr. Hier draußen, weit weg von sämtlichen Dingen wie Verrätern und königlichen Pflichten, fand ich endlich etwas Ruhe und Frieden. Ich genoss es, den Vögeln zuzuhören und die anderen Tiere des Waldes zu beobachten.

Auch Kayar schien sich wohl zu fühlen. Er rannte durch das Gebüsch und jagte dabei allerhand Kleintiere aus ihren Verstecken. Manchmal verlor ich ihn minutenlang aus den Augen, aber ich machte mir keine Sorgen, dass Kayar abhauen könnte. Er war nun einmal in der Wildnis geboren und genoss seine Freiheit. Aber sobald ich ihn rief, kam er an und trottete brav neben mir her. Ohne ihn wäre es bestimmt gefährlich, nachts allein im Wald zu sein, doch mein Schattenwolf würde mich gewiss beschützen.

Allerdings bereute ich es langsam, den Raben mitgenommen zu haben. Der Käfig war mir schon nach kurzer Zeit zu schwer geworden, sodass ich den Vogel herausgeholt und ein dünnes Seil an eines seiner Beine gebunden hatte. Das andere Ende band ich mir zur Sicherheit ums Handgelenk, aber der Rabe blieb brav auf meinem Arm sitzen. Jedoch musste ich mir eingestehen, dass so einen großen Vogel zu tragen, auf die Dauer ganz schön anstrengend war. Aber ich hatte keine andere Wahl, wenn ich ihn mitnehmen wollte.

Im Moment hatte ich den Raben auf einen Ast gesetzt und dort angebunden, damit ich in Ruhe mein Nachtlager aufschlagen konnte.

Ich hatte eine große Decke mitgenommen, in die ich mich einwickeln würde. Vorher suchte ich noch etwas Holz zusammen. Schließlich bedeutete ein Feuer nicht nur Wärme, sondern auch Schutz vor wilden Tieren.

Nun saß ich also in die Decke eingewickelt da, sah in die Flammen und aß ein Stück Brot. Ich musste den Proviant gut einteilen, schließlich wusste ich nicht, wie lange ich allein durch den Wald irren würde oder von wo ich mir etwas zu essen holen könnte. Schließlich war ich keine gute Jägerin wie Kayar und mich nur von Beeren, Nüssen und Zapfen ernähren wie der Rabe, konnte ich auch nicht.

Irgendwann, als es dunkel war und die Sterne bereits am Himmel standen, legte ich mich hin und schlief sofort erschöpft ein.

Am nächsten Morgen wurde ich von einer feuchten Zunge geweckt. „Igitt! Kayar lass das!" Ich schob den Schattenwolf zur Seite.

Die Sonne war, nach ihrem jetzigen Stand zu urteilen, vor etwa zwei Stunden aufgegangen. Es wurde also Zeit, weiter zu gehen. Ich packte die Decke ein, aß etwas und holte dann den Raben. So setzte ich meine Reise fort.

Die folgenden anderthalb Wochen hatten Tag für Tag immer den gleichen Ablauf: von Sonnenaufgang bis Sonnenuntergang sich durchs Gebüsch kämpfen, abends ein Nachtlager aufschlagen und morgens wieder weiter.

Auch wenn ich meine Entscheidung zu fliehen nicht bereute, so erkannte ich doch, dass alles leichter ausgesehen hatte, als es in Wirklichkeit war. Der Proviant ging zur Neige und es wurde immer kälter. Ich sehnte mich nach einem Bett und einem warmen Bad, doch ich wollte und konnte nicht zurück. Außerdem hätte ich den Rückweg zur Stadt wohl sowieso nicht gefunden.

Doch der Herbst zeigte sich allmählich von seiner schlechten Seite. Immer wieder regnete es, was den Waldboden aufweichen ließ. Der Wind pfiff durch die Baumkronen und der Nebel hing noch lange nach Sonnenaufgang zwischen den Bäumen. Das alles zusammen ließ den Wald unheimlich wirken.

Die Tiere schienen sich verkrochen zu haben und auch Kayar wich kaum noch von meiner Seite. Nur zum Jagen verschwand er, aber ich war sehr froh, dass er so oft da war. Er gab mir das Gefühl von Sicherheit.

Es war schon später Abend und ich versuchte vergeblich, das nasse Holz anzuzünden, als ich aus den Augenwinkeln sah, wie Kayar sich drohend aufstellte. „Was hast du denn?“, fragte ich, natürlich ohne eine Antwort zu erwarten.

Doch als ich mich umdrehte, erschrak ich. Vor mir stand ein fünfköpfiges Schattenwolfsrudel, das die Zähne fletschte.

Ich saß in der Falle.

Die wilden Schattenwölfe versuchten uns einzukreisen und knurrten bedrohlich. Panisch überlegte ich, wie ich sie verjagen könnte. Auch der Rabe, der auf einem Baum direkt über den

Wölfen saß, suchte eine Fluchtmöglichkeit. Doch ich hatte ihn festgenug angebunden, sodass er sich nicht befreien konnte.

Kayar stand schützend vor mir, was seine wilden Artgenossen jedoch wenig beeindruckte. Als eines der Tiere plötzlich auf mich zu sprang, schrie ich auf.

Der Schattenwolf hatte sich von der Seite her angepirscht. Er riss sein Maul mit den gefährlich scharfen Zähnen weit auf und wollte mir anscheinend in den Arm beißen, als Kayar sich wütend auf ihn stürzte.

Die beiden knurrten sich an und begannen, miteinander zu kämpfen. Da griff das restliche Rudel ein und wollte auf Kayar losgehen. Doch das konnte ich nicht zulassen. Ich griff kurzerhand nach einem der Äste, mit denen ich eigentlich das Feuer machen wollte und schlug in Richtung der Angreifer. Ich musste gar keinen treffen, denn sie wichen auch so zurück.

Verwirrt sah das Rudel mich an, als ob es nicht verstand, warum ich nicht die Chance genutzt hatte und weggerannt war. Aber ich konnte Kayar nicht einfach zurücklassen.

„Na los, verschwindet!“, schrie ich und trieb sie mit Hilfe des Astes weiter zurück.

Kayar, der seinen Angreifer inzwischen abgeschüttelt hatte, stellte sich neben mich und knurrte das Rudel an.

Tatsächlich traten die wilden Schattenwölfe langsam den Rückzug an. So groß schien ihr Hunger nicht zu sein, als dass sie Kraft in einem Kampf verschwenden und sich Verletzungen zuziehen wollten. Noch einmal schauten sie uns böse an, dann drehte sich das Rudel um und verschwand im Wald.

Erleichtert ließ ich den Ast fallen und auch Kayar entspannte sich.

„Danke. Du hast mir das Leben gerettet“, sagte ich zu meinem Schattenwolf und strich ihm liebevoll über den Kopf.

Zum Glück hatte er außer ein paar kleinen Kratzern keine weiteren Verletzungen.

Nun war nur noch zu hoffen, dass die wilden Schattenwölfe nicht wieder kamen.

Kapitel 15 – Im Moor

Ich hatte Glück. Das wilde Schattenwolfsrudel ließ sich nicht noch einmal blicken und alles blieb friedlich.

Nur das Wetter wurde immer ungemütlicher. Es war inzwischen Anfang Dezember und nur noch eine Frage der Zeit, wie lange es bis zum ersten Schnee dauern würde. Davor hatte ich Angst. Die Decke reichte jetzt schon kaum noch und ich hatte eines der Ersatzkleider drüberziehen müssen, da es sonst zu kalt war.

Kayar hatte es da besser. Er hatte Winterfell. Und auch der Rabe fror nicht. Wie sehr ich die beiden darum beneidete!

Jedoch konnten sie mir nicht helfen, wenn ich die Orientierung verlor. Ich hatte oft das Gefühl, einen bestimmten Baum schon einmal gesehen zu haben und lief offenbar häufig im Kreis. Noch dazu schwanden uns allen dreien die Kräfte. Meine Vorräte waren seit drei Tagen aufgebraucht, Kayar fand kaum noch etwas, da die Kleintiere sich immer besser versteckten und auch der Rabe hatte Hunger. Bisher hatte er sich von Resten der Tiere, die Kayar gefressen hatte, ernährt und ich hatte ihm Nüsse und Zapfen gesammelt. Doch ich hatte einfach keine Kraft und Lust mehr, etwas für den Vogel zu suchen.

Ich hätte alles für ein Dach überm Kopf, ein warmes Bett und etwas Richtiges zu essen gegeben. Nur leider hatte ich keine Ahnung, woher ich das hier mitten im Wald nehmen sollte.

Inzwischen völlig entkräftet, durchgefroren und bis auf die Haut durchnässt, da es bereits den ganzen Tag regnete, stapfte ich durch den Matsch. Es goss wie aus Eimern und ich konnte kaum noch erkennen, was vor mir war. Bei jedem Schritt gab der Boden ein schmatzendes Geräusch von sich. Ich sank immer wieder ein Stück ein und plötzlich blieb ich stecken. Mit einem kräftigen Ruck versuchte ich, meinen Fuß zu befreien, aber voll Schrecken bemerkte ich, dass ich nur tiefer im Schlamm einsank. Ich versuchte es ein weiteres Mal und sackte noch weiter ab.

Panik stieg in mir auf, als ich erkannte, dass ich mich in einem Moor befand. Durch das schlechte Wetter hatte ich überhaupt nicht gemerkt, dass ich schon bis in die Sümpfe gelaufen war. Wer weiß, wie lange ich schon durchs Moor gegangen war und bisher einfach nur Glück gehabt hatte?

Nun jedoch steckte ich fest und ging langsam unter. Inzwischen war ich bis zu den Knien eingesunken und kämpfte verzweifelt gegen den Sog nach unten an.

Kayar stand auf relativ festem Boden und sah mich sorgenvoll an. Natürlich hatte er die Gefahr sofort erkannt, in der ich schwebte, aber er konnte mir nicht helfen. Der Schattenwolf biss mir vorsichtig in den Ärmel und wollte mich herausziehen, doch es gelang ihm nicht.

Meine Hoffnung, hier lebend rauszukommen, schwand, je tiefer ich einsackte.

„Hilfe!", schrie ich, obwohl mir klar war, dass niemand mich hörte. Ich war ganz allein hier draußen und keiner würde mir zu Hilfe kommen. Die Panik schwand und in mir machte sich stattdessen ein Gefühl der Hoffnungslosigkeit breit.

„Du warst mir immer ein treuer Freund, Kayar", verabschiedete ich mich von ihm mit Tränen in den Augen. Noch einmal streichelte ich über seinen Kopf.

Kayar begann zu wimmern. Er merkte, dass ich aufgegeben hatte und leckte mir zärtlich über die Hand. Es war seine Art, Abschied zu nehmen.

Der Schlamm stand mir inzwischen bis zur Hüfte.

Ich band den Raben los, um ihn nicht mit nach unten zu ziehen. Mit einem lauten Krächzen schwang er sich in die Lüfte und war im Nebel verschwunden.

Kayar harrte noch immer neben mir aus.

„Schon gut. Du bist jetzt frei. Geh ruhig“, sagte ich mit tränenerstickter Stimme. Es rührte mich, dass er bei mir blieb.

Ich klammerte mich im Moment nur noch an ein paar Grasbüschel, denn ich steckte bis zur Brust im Matsch.

Da hörte ich plötzlich wieder den Raben. Ein großer dunkler Schatten kam auf mich zu.

„Hallo!?“

Mein Herz machte einen Freudensprung, als ich die vertraute Stimme hörte. „Aaron! Hilf mir! Ich versinke!“

Der Schatten kniete sich vor mich und schob Kayar sanft zu Seite. Dann packten mich zwei starke Hände an den Oberarmen und zogen mich raus.

Zitternd vor Kälte und völlig erschöpft sank ich in Aarons Armen zusammen und schluchzte. Kayar versuchte sich zwischen uns zu drängen und winselte glücklich, doch wir beachteten ihn nicht.

„He, ist gut. Ganz ruhig“, versuchte Aaron mich zu trösten und strich mir beruhigend über den Rücken.

Meine Tränen versiegten nach einer Weile und ich hob den Kopf, um ihn anzusehen. „D-d-danke“, sagte ich zähneklappernd. Erst jetzt bemerkte ich so richtig, wie eiskalt es war.

„Geht es dir gut? Bist du verletzt?“, fragte Aaron voller Sorge.

Doch ich schüttelte den Kopf. „M-mir ist nur kalt. Und i-ich habe Hunger. Und bin m-müde", antwortete ich.

„Komm. Ich habe hier in der Nähe eine Hütte. Meinst du, dass du laufen kannst?", fragte Aaron zweifelnd.

„Ich glaube schon", sagte ich.

Aaron richtete sich auf und half mir hoch. Aber noch bevor ich überhaupt richtig stand, knickten meine Beine vor Erschöpfung zusammen. Wenn Aaron mich nicht sofort aufgefangen und gestützt hätte, wäre ich wohl wieder im Schlamm gelandet.

„Ich glaube, so wird das nichts", stellte Aaron fest. Er zog mich an sich und hielt mich schließlich nur noch mit dem rechten Arm. „Wenn Ihr erlaubt, Königin." Mit diesen Worten zog er mir die Beine unter dem Körper weg und hob mich auf einmal hoch.

Ich quiekte erschrocken auf, doch ich war viel zu entkräftet, als dass ich mich gewehrt hätte.

Und so trug Aaron mich zu der Hütte, während über uns der Rabe flog und Kayar neben uns herlief. Total geschafft und einfach nur glücklich, endlich in Sicherheit zu sein, schlief ich in Aarons Armen ein.

Kapitel 16 – In Sicherheit

Als ich erwachte, lag ich in einem kuschlig warmen Bett. Ich wollte mich gerade erheben, um zu sehen, wo ich war, als die Decke etwas herunterrutschte und ich entsetzt feststellte, dass ich außer dem dünnen Unterkleidchen nichts mehr anhatte.

Aaron, der auf einem Stuhl vor dem Bett saß und mich zu beobachten schien, grinste. „Tut mir leid, Jania, aber eigentlich hätte ich dir das auch noch wegnehmen müssen. So nass, wie deine Sachen waren, hättest du dich sonst nur erkältet."

„Du hättest mich wecken können!", fuhr ich ihn wütend an.

„Stimmt, das hätte ich. Aber du hattest den Schlaf dringend nötig."

Ich funkelte ihn böse an und zog die Decke etwas enger um mich. Es war mir einfach unangenehm, so wenig zu tragen. Aber so richtig übel nahm ich es Aaron eigentlich nicht, schließlich hatte er mir vorhin das Leben gerettet.

„Danke", sagte ich daher. „Wenn du mich nicht rechtzeitig gefunden hättest…. Woher wusstest du eigentlich, wo ich war und dass ich Hilfe brauchte?"

„Ich habe Karjo gehört und er hat mich dann auch zu dir geführt", erklärte Aaron.

„Karjo?", fragte ich, denn diesen Namen hatte ich noch nie zuvor gehört und ich überlegte, wer das sein sollte.

„Der Rabe. Übrigens danke, dass du ihn mitgebracht hast." Er streichelte den Vogel, der auf der Lehne eines Stuhles saß.

Ich nickte nur geistesabwesend, denn mein Blick schweifte durch die Hütte. Das Bett stand an einer Wand unter einem Fenster. Vor dem Bett lag Kayar und schlief. In der rechten Wand, zu der das Fußende gerichtet war, befand sich eine Feuerstelle, auf der ein Kessel mit Suppe kochte. Davor stand unter einem Fenster an der gegenüberliegenden Wand ein Tisch mit zwei Stühlen. Gleich daneben war die Tür und an der anderen Wand stand ein großer Schrank. Alles in allem also recht klein und spärlich eingerichtet, aber gemütlich.

Ich schaute zu der Leine mit meinen Sachen, die vor dem Kamin hing und behelfsmäßig zwischen einem Bettpfosten am Fußende und einer Stuhllehne gespannt war.

Aaron hatte meinen sehnsüchtigen Blick bemerkt und auch richtig gedeutet. „Bis die trocken sind, wird es noch eine Weile dauern. Aber die Suppe müsste bald fertig sein", sagte er und erhob sich.

´Na toll!´, dachte ich, hielt aber den Mund. „Es tut mir leid, dass ich dich hab einsperren lassen. Inzwischen weiß ich, dass du nicht der Verräter bist", sagte ich stattdessen, als mir einfiel, dass Aaron von den Ereignissen in der Burg nichts wissen konnte.

„Dann glaubst du mir endlich, dass Garet hinter allem steckt?", fragte er erstaunt.

Ich nickte. „Ich weiß es. Dorian hat ihn beobachtet." So erzählte ich Aaron, was alles passiert war: Die Befreiung der Rhûn Noranaw, wie ich den Entschluss gefasst hatte, zu fliehen, die Geschichte von Bara, dass Langar mein Vater ist sowie den Verlauf meiner Flucht.

„Dafür, dass ich erst seit etwa einem Monat weg bin, sind das eine Menge Neuigkeiten. Und Langar ist echt dein Vater? Wow! Und dachte, ich sei mit Salec als Vater bestraft." Aaron schüttelte ungläubig den Kopf. Dann nahm er zwei Schüsseln und befüllte sie mit Suppe. „Was hast du dir nun eigentlich gedacht, wie es jetzt weitergehen soll? Ich meine, du hast ja sicher nicht gewusst, dass ich hier bin.“

„Nein, habe ich wirklich nicht. Und so einen richtigen Plan hatte ich nie. Ehrlich gesagt, habe ich überhaupt keine Ahnung, was ich nun machen soll“, gestand ich.

„Wenn du willst, kannst du hier bleiben“, bot Aaron an. „Aber eine Lösung auf die Dauer ist das nicht.“

„Ich weiß. Wir müssen uns irgendetwas überlegen. Du hilfst mir doch, oder?“, fragte ich hoffnungsvoll.

„Klar. Wenn du nicht mehr denkst, ich würde mit Langar oder Salec zusammenarbeiten.“

„Nein, das denke ich nicht. Ich weiß inzwischen, dass du immer die Wahrheit gesagt hast und Sûrania tatsächlich treu ergeben bist. Ich vertraue dir. Und ich bin froh, nicht mehr allein durch die Wildnis streifen zu müssen“, sagte ich ehrlich.

Aaron grinste nur schwach. „Du hättest einfach zeitiger die Möglichkeit in Erwägung ziehen müssen, dass Garet der Verräter ist. Aber ich hatte sowieso das Gefühl, dass du mir von Anfang an nicht ganz getraut hast. Ich bin ein Nebelkrieger und damit in deinen Augen ein Böser. Und genau das hat Garet ausgenutzt.“

Als er das sagte, klang er kein bisschen vorwurfsvoll, obwohl ich ihn sogar verstanden hätte. Aaron hatte Garet auf Anhieb durchschaut, während ich Dumme ihn beschuldigt hatte. Aber er schien zum Glück nicht nachtragend zu sein.

In der Zwischenzeit hatte Aaron die Schüsseln auf den Tisch gestellt. „Möchte die Königin ihre Suppe im Bett serviert bekommen oder wünscht Sie am Tisch zu speisen?“, fragte Aaron mit einem frechen Grinsen auf den Lippen.

Auch ich musste schmunzeln. Warum war mir nie aufgefallen, wie sympathisch Aaron war?

Ich stand auf, wobei ich mir allerdings die Decke umwickelte. Erstens wollte ich nicht, dass Aaron mich nur so spärlich bekleidet sah und zweitens war mir etwas kühl. Das lag allerdings nicht an der Temperatur in der Hütte, denn Dank des Kamins war es mollig warm. Aber das noch immer feuchte Unterkleid ließ mich frösteln.

So setzte ich mich also, in die Decke eingepackt, auf einen der Stühle. Karjo, der Rabe, flatterte empört auf den Bettpfosten, als ich ihn verscheuchte. Aaron setzte sich mir gegenüber und begann seine Suppe zu löffeln.

„Wie hast du die Hütte hier eigentlich gefunden?", fragte ich neugierig, während ich die Suppe kostete. Sie war unglaublich lecker.

„Ich bin hier in der Nähe geboren worden", antwortete Aaron.

Fragend sah ich ihn an.

„Die Sümpfe waren einst die Heimat der Nebelkrieger. Wir haben damals alle hier gelebt. Als Langar dann in den Westen zog und wir ihm folgten, war ich anderthalb Jahre alt. Die meisten Häuser wurden zerstört, damit es sich einige nicht doch noch anders überlegten und hier blieben. Diese Hütte war früher unbewohnt und wurde daher vergessen", erklärte Aaron.

„Und als du jetzt geflohen bist, hast du in den Sümpfen Unterschlupf gesucht und sie gefunden", vermutete ich.

„Ja. Hier ist meine Heimat. Wenn man mich in der Burg nicht mehr will, muss ich eben hierher. Und außerdem traut sich sowieso keiner in die Sümpfe und würde mich suchen. Abgesehen von lebensmüden Königinnen", sagte er und sah mich dabei schmunzelnd an.

So unterhielten wir uns noch den ganzen Nachmittag und lachten viel. Es tat unglaublich gut, endlich wieder mit jemanden so frei reden zu können.

Gegen Abend waren meine Sachen dann trocken und ich konnte sie wieder anziehen. Das Abendessen bestand aus einer Suppe, die wieder sehr gut schmeckte. Ich hatte keine Ahnung, woraus genau sie gemacht war. Vermutlich aus irgendwelchen Pflanzen und Kräutern, die Aaron im Moor und im nahen Wald gefunden hatte.

Wir unterhielten uns noch ein Weilchen und kümmerten uns um Kayar und Karjo, bevor wir schlafen gingen.

Da es nur ein Bett gab, bot Aaron an, auf den Boden zu schlafen. Natürlich fand ich das nett von ihm, aber ich willigte nicht sofort ein. Schließlich war er schon vor mir hier gewesen und hatte damit ein Recht auf das Bett.

Also diskutierte ich mit ihm. Denn Aaron war der Meinung, es gehöre sich nicht, dass ich als Frau und noch dazu als Königin auf den Boden schlief. Das fand ich zwar sehr lieb von ihm, aber ich ließ mich nicht abbringen. Schließlich war Aaron damit einverstanden, dass wir uns abwechselten. Eine Nacht schlief er auf dem Boden und ich schlief im Bett, die nächste Nacht andersherum.

In den folgenden Tagen war nicht viel los. Wir verstanden uns gut und die Stimmung war insgesamt toll. Nur eine Idee, wie wir meine Mutter befreien und alles zum Guten wenden könnten, hatten wir noch nicht.

Kapitel 17 – Drachen

„Hörst du das auch?", fragte ich Aaron.

Es hatte inzwischen geschneit und wir suchten unter der Schneedecke mühsam nach essbaren Pflanzen und kontrollierten die Fallen, die Aaron aufgestellt hatte.

Kayar und der Rabe Karjo ernährten sich größtenteils selbst, doch gegen eine extra Portion Fleisch wie zum Beispiel einen gefangenen Hasen hatten weder sie noch wir etwas. Denn auch wenn die Sumpfpflanzensuppe lecker schmeckte, sehr abwechslungsreich war diese Ernährung nicht.

So schauten wir also gemeinsam nach genießbaren Pflanzen – Aaron hatte mir genau gezeigt, welche essbar waren und von welchen man besser die Finger ließ – als ich dieses Geräusch hörte.

Aaron blieb ebenfalls stehen und lauschte. „Ja. Klingt wie ein Wimmern", meinte er schließlich. Langsam ging er in die Richtung, aus der das Weinen kam.

Ich stapfte durch den knöcheltiefen Schnee hinter ihm her. Das Geräusch wurde immer lauter, bis wir endlich die Ursache sahen.

„Oh, sieh nur!", rief ich aufgeregt und wollte losrennen, doch Aaron hielt mich fest.

Vor uns lag schon fast eingeschneit ein graublaues Drachenjunges mit winzigen, niedlichen Flügeln und zitterte. Es hatte sich in einem Dornenbusch verheddert und schien festzustecken. Herzzerreißend schrie das Kleine und ich wollte ihm einfach nur so schnell wie möglich helfen. Aber Aarons Griff war zu stark, als das ich mich losreißen könnte.

„Was denn?", fragte ich leicht genervt und versuchte, meinen Arm zu befreien.

„Bestimmt hat die Mutter ihr Junges längst gehört und ist auf dem Weg hierher. Und ich lege nicht unbedingt Wert darauf, einem ausgewachsenen Drachen zu begegnen", antwortete mir Aaron.

Ich seufzte. Natürlich hatte er Recht, denn solch ein Zusammentreffen wäre wirklich gefährlich, doch mir tat das Kleine leid. Trotzdem ließ ich mich von Aaron wegziehen.

Gerade wollten wir uns umdrehen und vorsichtig verschwinden, bevor die Mutter auftauchte, als es ganz in der Nähe raschelte. Mitten in der Bewegung hielten wir inne und schauten uns suchend um.

Kayar, der ein Stück hinter uns her getrottet war, knurrte.

Das Rascheln wurde lauter und plötzlich sprang jemand mit einem Dolch in der Hand aus dem Gebüsch. Ich erkannte sie sofort. Es war die Rhûn, die Spionin, der Garet zur Flucht verholfen hatte: Noranaw. Sie stellte sich schützend zwischen uns und den Drachen.

„Wehe ihr tut Ceraiva etwas an!", rief sie wütend.

Aaron hatte mich hinter sich geschoben und ein Messer aus einer Halterung an seinem Arm gezogen, während Kayar die Zähne fletschte.

Natürlich war mir klar, dass diese Situation mehr als gefährlich war, doch ich beachtete es nicht weiter. Schließlich schrie das Drachenjunge, dessen Name anscheinend Ceraiva war, noch immer mitleiderregend. Kurzentschlossen schob ich mich an Aaron vorbei, um der Kleinen zu helfen.

Er versuchte, mich am Arm zu greifen und zurückzuziehen, doch ich schaffte es, ihm zu entwischen. Da Noranaw jedoch den Dolch auf mich richtete und Aaron wohl merkte, dass er mich von meinem Vorhaben nicht anhalten konnte, machte er stattdessen einen Scheinangriff, der die Rhûn ablenkte.

So gelang es mir schließlich zu Ceraiva zu gelangen. „Ist ja gut. Ich helfe dir doch", sagte ich und versuchte den Drachen vorsichtig zu befreien. Doch das war gar nicht so einfach, denn sie wehrte sich nach Leibeskräften, fauchte und schnappte nach mir.

Während ich das Drachenjunge Stück für Stück aus dem Busch herausholte, achtete ich nicht auf das, was hinter mir geschah. Ich vermutete, dass Aaron mir Rückendeckung gab und hörte Kayars Knurren. Auch Karjo schien uns zu Hilfe geeilt zu sein, denn ein Rabe krächzte mehrmals.

Endlich hatte ich die Kleine aus dem Dornen gezogen, da flog etwas Riesiges über uns hinweg. Ein gewaltiger Schatten verdunkelte für einen Augenblick die schwache Wintersonne. Ein starker Luftzug streifte mich und Aaron keuchte erschrocken auf. Mein Schattenwolf und Karjo waren verstummt, wofür nun jedoch Ceraiva noch lauter schrie.

Mir lief es kalt den Rücken herunter, als ich erkannte, was das bedeutete: Die Drachenmutter war da. Ich zwang mich, tief durchzuatmen und die Ruhe zu bewahren. Jetzt nur keine Panik, dachte ich und nahm den kleinen Drachen vorsichtig hoch.

Da ertönte auch schon der wütende Schrei der Mutter, als diese vor mir landete. Der Drache war riesig und sah aus, als wäre er aus Eis. Er war schneeweiß und hatte eisblaue Augen.

Die Drachenmutter sah mich böse an und hätte wohl schon längst Feuer gespien, wenn ich nicht ihr Kleines auf dem Arm gehabt hätte, das sie dann mit geröstet hätte.

Ich spürte die Nervosität und Angst der Anderen hinter mir, doch ich selbst versuchte, möglichst gelassen zu bleiben.

„Ganz ruhig", sagte ich mit leicht zittriger Stimme zu dem Drachen. „Ich will deiner Kleinen nur helfen. Siehst du, sie hat einige Schrammen von den Dornen." Obwohl Ceraiva wild strampelte, schaffte ich es mit einiger Mühe, sie festzuhalten und behutsam über einen der Kratzer zu streichen.

Sie quiekte auf, da es anscheinend etwas wehtat, woraufhin ihre Mutter sofort fauchte.

„Ist doch gut. Ich tue ihr nichts", beruhigte ich sie. Ich atmete noch einmal tief durch und versuchte, mich völlig zu entspannen. Tatsächlich gelang es mir und ich spürte die natürliche Magie der Sûra in mir. Ich ließ sie durch meine rechte Hand fließen und in dem Moment, als die Magie auf Ceraiva traf, entspannte sich das Drachenjunge.

Langsam nahm ich die Hand wieder weg und beobachtete, wie die Schramme verschwand. Vorsichtig heilte ich auch die anderen Wunden und setzte die Kleine anschließend auf den Boden.

Ihre Mutter beschnupperte sie sofort und sah mich dann dankend an.

„Wow!"

Ich hatte die Anderen völlig vergessen und drehte mich überrascht um.

Noranaw war neben mich getreten und beobachtete staunend die Drachenfamilie. Sie hatte den Dolch weggesteckt und schaute mich verwundert an. „Du hast sie tatsächlich geheilt?!" Die Rhûn schüttelte ungläubig den Kopf, ging dann lächelnd zu den beiden Drachen und streichelte sie.

„Du bist wirklich lebensmüde, Jania. Dir ist klar, dass sowohl Noranaw als auch der Drache dich hätten umbringen können, ohne dass ich dich hätte retten können, oder?", meinte

Aaron. Auch er hatte sein Messer inzwischen weggesteckt und beobachtete die Drachen.

Ich zuckte nur mit den Schultern. „Ich glaube, ich habe nicht groß nachgedacht, sondern einfach nur der Kleinen helfen wollen.“

Kapitel 18 – Frieden

„Und dafür werden wir dir ewig dankbar sein", sagte Noranaw ehrlich gerührt. „Ich habe noch nie die heilenden Fähigkeiten der Sûra beobachten können und bin wirklich beeindruckt. Danke noch mal."

„Bitte. Habe ich gerne gemacht", antwortete ich lächelnd.

„Freut mich ja, dass ihr zwei euch so gut versteht, aber vielleicht sollten wir uns lieber Gedanken machen, wie es jetzt weiter geht. Wir stehen schließlich auf unterschiedlichen Seiten", meinte Aaron und brachte mich damit auf den Boden der Tatsachen zurück.

Denn daran hatte ich schon fast nicht mehr gedacht.

Die Rhûn und wir sahen uns fragend an. Wie Feinde fühlte sich eigentlich keiner mehr, doch was waren wir dann?

„Naja. Wir könnten doch Frieden schließen oder was meinst du, Noranaw?", schlug ich deshalb vor. Irgendwie fand ich sie gar nicht mehr so unsympathisch. Vielleicht musste ich sie nur besser kennenlernen und wir könnten Freunde werden.

Die Rhûn schaute mich überrascht an. „Du würdest mir tatsächlich verzeihen? Ich meine, ich habe euch ausspioniert und war am Tod des Königs und der Entführung der Königin beteiligt. Das würdest du einfach so vergessen?", fragte sie zweifelnd.

„Sagen wir es so: Ich würde dir die Chance geben, zu zeigen, dass du auch anders - netter - sein kannst", erklärte ich.

Noranaw lächelte. „Gerne. Das heißt, es herrscht Frieden?“ Sie hielt mir auffordernd die Hand hin.

Ich drehte mich fragend zu Aaron um. Er war sozusagen der einzige Berater, den ich hier noch hatte und seine Meinung war mir durchaus wichtig.

„Ich weiß nicht, ob wir ihr vertrauen sollten. Sie könnte uns verraten und dann wäre alles vorbei“, gab er zu bedenken.

„Ich verrate meine Freunde nicht. Niemals. Das verspreche ich euch. Und wegen der Drachen… Anarven und Ceraiva hören nur auf mich und würden niemals jemandem schaden, es sei denn, ich befehle es ihnen“, versicherte Noranaw, während sie mir noch immer auffordernd ihre Hand hinhielt und zwischen Aaron und mir hin und her sah.

Doch mein Blick ruhte auf Aaron. „Was meinst du? Also ich finde, wir sollten es wagen. Viel zu verlieren haben wir nicht.“

Nach einer Weile nickte er. „Es ist deine Entscheidung. Ich werde dich so oder so weiterhin unterstützen. Aber ich würde ihr nicht zu sehr vertrauen“, antwortete mein Berater skeptisch.

Doch mein Entschluss stand fest. Ich nahm die Hand der Rhûn und sagte: „Also Frieden.“

Sie nickte und strahlte übers ganze Gesicht.

Da fauchte plötzlich der große Drache. „Was ist denn, Anarven?“, fragte Noranaw und drehte sich um.

Auch ich schaute, was los war und musste kichern. Das Bild, was sich mir bot, war einfach zu süß. Kayar stand vor dem Drachenjungen Ceraiva und beschnupperte sie neugierig. Die Kleine schien keinerlei Angst zu haben und betrachtete den Schattenwolf genauso interessiert, doch ihrer Mutter Anarven war das alles wohl nicht ganz geheuer.

„Keine Sorge. Der tut nichts. Kayar ist auch so gut erzogen wie deine Drachen", beruhigte ich Noranaw, die ebenfalls etwas besorgt aussah.

Inzwischen hatte Anarven sich entspannt und musterte Kayar. Die drei schienen sich recht gut zu verstehen.

„Wenn sich jetzt alle kennengelernt haben, könnten wir doch zurück zur Hütte gehen und uns aufwärmen." Aaron trat frierend auf der Stelle und sah uns abwartend an.

„Stimmt. Mir ist auch kalt", antwortete ich und zog die Jacke enger um mich.

„Ihr habt eine Hütte hier in der Nähe?", fragte Noranaw überrascht. „Ich liebe die Kälte zwar und sie macht mir auch nichts aus, aber ein Dach überm Kopf und sich etwas ausruhen wäre zur Abwechslung schon nicht schlecht."

„Du kannst ja mitkommen. Wird zu dritt in der kleinen Hütte allerdings etwas eng, aber das geht schon", bot ich ihr an.

„Wirklich? Gerne. Ich war lange genug alleine unterwegs", freute sich die Rhûn.

So gingen die Tiere, Noranaw, Aaron und ich zurück und machten in der Hütte zu allererst ein Feuer. Bereits nach wenigen Minuten war es kuschlig warm und wir begannen, Essen zu machen.

„Sag mal, Nora, wie kommt es eigentlich, dass sich das sonst so neutrale Drachenvolk auf Langars Seite geschlagen hat?", fragte Aaron, während er in der Suppe rührte.

Als er ihr diesen Spitznamen gab, sah sie ihn etwas irritiert an, ging jedoch nicht weiter darauf ein. Stattdessen antwortete sie: „Vor etwa einem Jahr tauchte er mit einigen seiner Leute in der Eisdrachenstadt auf und wollte mit unserer Königin Oxiaraw sprechen.

Natürlich hatten wir von den jahrelangen Unruhen in Sûrania und der Gründung Aghors gehört, doch niemand wusste, was genau geschehen war. Langar erzählte uns, dass Dragas ihm die damalige Prinzessin Solana ausgespannt und dann den Thron an sich gerissen hatte. Er war verzweifelt und bat uns ihm zu helfen, da er keine andere Möglichkeit mehr sah, damit er sich an diesem miesen Verräter rächen konnte.

Oxiaraw stimmte daraufhin zu und sicherte ihm Hilfe von unserer Seite aus zu. Als er dann in Garet einen Verbündeten in Sûrania gefunden hatte, wurde der Plan geschmiedet und ich in die Garde geschmuggelt.“

„Langar hat gelogen. Dragas war kein Verräter. Er hat sich damals nichts zu Schulden kommen lassen“, widersprach Aaron wütend.

„Klar, dass du ihn verteidigst, er war schließlich dein König. Aber woher willst du wissen, was damals passiert ist?“, fauchte die Rhûn zurück.

Es war deutlich, dass Aaron kurz davor war, auf Noranaw loszugehen. Er kochte vor Wut und schaute sie zornig an. Auch sie war auf hundertachtzig und funkelte den Nebelkrieger böse an.

„Beruhigt euch. Beide, also sowohl Langar als auch Dragas, haben Fehler gemacht, aber das ist kein Grund zu streiten“, sagte ich entschieden. Damit nahm ich den beiden den Wind aus den Segeln, denn sie sahen mich verblüfft an.

Aaron hatte sich als Erster wieder gefangen. „Du hast ja Recht, schließlich macht jeder Fehler. Aber trotzdem werde ich immer Dragas treu bleiben. Egal ob er dein Vater ist oder nicht.“

„Dragas ist nicht Janias Vater?“, fragte Noranaw fassungslos.

Ich seufzte. „Nein. Langar ist mein Vater. Aber ich habe es selbst erst vor kurzem erfahren.“ Ich berichtete ihr, was Bara mir gesagt hatte und was sonst so passiert war.

„Wenn das wirklich alles wahr ist, was du mir da erzählst, dann ändert das alles. Oxiaraw sollte so schnell es geht davon erfahren. Es wäre möglich, dass sie Langar ihre Unterstützung dann entzieht“, sagte die Rhûn, als ich mit meinem Bericht fertig war.

„Du glaubst wirklich, dein Volk würde die Seiten wechseln, wenn sie die Wahrheit wüssten?“, fragte Aaron nachdenklich.

„Ja. Allerdings müssten sie diese am besten von Jania selbst erfahren. Ich könnte es ihnen natürlich auch sagen, aber es wäre schon etwas anderes, wenn sie es ihnen erzählen würde. Dann könnte sie auch gleich einen Waffenstillstand aushandeln.“

„Da könntest du tatsächlich Recht haben. Wenn wir dadurch weniger Feinde und stattdessen vielleicht sogar Verbündete hätten, würde ich es auf jeden Fall versuchen.“

Aaron unterbrach mich. „Jania, das ist verrückt. Weißt du, wie weit der Weg nach Eisdrachenstadt ist? In den Takisbergen liegt das ganze Jahr über Schnee und jetzt im Winter wird der Weg unpassierbar sein. Es wird schon hier in den Sümpfen nicht leicht, wenn noch mehr Schnee fällt, aber da oben haben wir so gut wie gar keine Chance, zu überleben. Es wäre völliger Wahnsinn, sich im Moment auf den Weg zu machen. Vor Frühlingseinbruch aufbrechen wäre Selbstmord.“

Doch ich schüttelte den Kopf. „Wenn wir wirklich mit den Rhûn reden wollen, können wir nicht so lange warten. Wir wissen nicht, was genau Langar plant und ehrlich gesagt, will ich nicht so lange aus Sûrania weg sein. Ich habe keine Ahnung, ob Garet den Thron nicht doch an sich reißt und dann hätten wir endgültig verloren. Außerdem muss ich meine Mutter aus Aghors Kerkern befreien. Nein, wenn wir uns dazu entscheiden, mit der Drachenvolkkönigin zu sprechen, dann sollten wir so schnell wie möglich aufbrechen."

„Jania, ich kann dich verstehen und ich bin auch der Meinung, wir sollten es versuchen, mit Oxiaraw zu reden. Aber im Moment ist es einfach zu gefährlich", sagte Aaron.

In der Zwischenzeit war das Essen fertig. Wir räumten alles auf den Tisch und setzten uns hin.

„Wenn wir nicht sofort losgehen, könnte es zu spät sein. Bitte, Aaron. Wir haben die ganze Zeit überlegt, was wir machen sollen und nun haben wir endlich eine Idee. Wir können nicht warten." Ich sah ihn flehend an.

Der Nebelkrieger schien eine Weile zu überlegen, dann seufzte er. „Ok. Es hat ja doch keinen Zweck. Du bist halt einfach zu stur und zu leichtsinnig. Außerdem bist du die Königin, das heißt, du entscheidest. Wenn du sagst, wir gehen, dann machen wir das."

Ich strahlte ihn dankbar an. „Dann würde ich vorschlagen, wir ruhen uns noch ein paar Tage aus und brechen dann auf. Je eher, desto besser."

Alle waren einverstanden und so planten wir unsere Reise. In drei Tagen sollte sie anfangen, bis dahin wollten wir Proviant zusammensuchen und Kraft sammeln.

Obwohl mir bewusst war, dass diese Wanderung alles andere als leicht werden würde, hatte ich endlich wieder Hoffnung. Wenn wir tatsächlich die Unterstützung der Rhûn bekämen, hätten wir vielleicht eine Möglichkeit, meine Mutter zu befreien, Langar zu besiegen und den Frieden wieder nach Sûrania zu bringen. Und dann würde doch noch alles gut werden.

Kapitel 19 – Königin Oxiaraw

Die nächsten zwei Wochen waren wahrscheinlich die anstrengendsten meines Lebens.

Noranaw hatte den Vorschlag gemacht, wir sollten auf Anarven bis nach Eisdrachenstadt fliegen. Doch das hatte ich abgelehnt genauso wie Aaron. Denn erstens würden wir alle überhaupt nicht auf den Rücken des Drachen passen, auch wenn dieser riesig war. Aber für drei Personen, einen kleinen Drachen und einen ausgewachsenen Schattenwolf reichte der Platz dann doch nicht. Und zweitens hatte ich Flugangst.

So machten wir uns also zu Fuß auf den Weg. Wir nutzten Anarven jedoch wenigstens als Lastentier, damit wir den Proviant und die Decken nicht selbst tragen mussten. Außerdem sorgte die Drachenmutter dafür, dass wir nachts ein wärmendes Feuer hatten und uns nicht durch zu hohen Schnee kämpfen mussten, indem sie diesen einfach schmolz. Solch ein Drache war auf einer Reise mitten im Winter also wirklich praktisch, aber der Weg war trotz allem alles andere als leicht.

Ich bereute es inzwischen, nicht auf Aaron gehört zu haben. Im Frühling wäre der lange Fußmarsch sicherlich weniger beschwerlich gewesen, doch nun gab es kein Zurück mehr. So stapften wir tagein tagaus durch die weiße Pracht und je weiter wir nach Norden kamen, desto kälter und schneereicher wurde es.

Zwei Tage nach unserem Aufbruch hatte es angefangen zu schneien und seitdem auch nicht wieder aufgehört. Im Gegenteil: Der Schneefall war noch stärker geworden und nun herrschte ein fürchterlicher Schneesturm.

Als wir den Fuß der Takisberge erreicht hatten, verlor Noranaw endgültig die Lust am Wandern. Sie beschloss mit Ceraiva auf Anarven schon einmal voraus zu fliegen und unsere baldige Ankunft anzukündigen.

So brachten Aaron und ich den letzten und wohl auch schwierigsten Teil der Reise allein mit Karjo und Kayar hinter uns.

Und dann, nach vierzehn langen, kalten Tagen, sahen wir endlich die Stadtmauer. Es war ein atemberaubender Anblick. Die Mauer war aus dickem, grauem Stein und etwa sechseinhalb Meter hoch. Das riesige Holztor war sehr dick und stabil und mit einem eingeschnitzten Drachen, der gerade Feuer spie, verziert.

Davor standen vier Leute, unter ihnen als einzige Frau Noranaw.

Sie kam sofort einige Schritte auf uns zu, um uns zu begrüßen. „Wenn ihr mein Angebot zu fliegen angenommen hättet, wäret ihr viel eher da gewesen.“

„Wir freuen uns auch, dich zu sehen“, bremste Aaron sie.

„Oh, ja. Äh…. Ich bin echt froh, euch gesund und unverletzt wiederzusehen. Oxiaraw weiß bereits Bescheid und erwartet euch.“ Mit diesen Worten nahm sie uns die Bündel mit den Decken ab und führte uns zu drei Männern.

Zwei von ihnen schienen die Stadtwachen zu sein und standen wie versteinert links und rechts vor dem Tor. Der dritte stand ein paar Schritte weiter vorn und schaute uns abschätzend an.

Er hatte rote, gelockte Haare, die ihm offen über die Schultern fielen. Seine braunen Augen wirkten streng und zugleich freundlich. Er trug ähnlich wie Nora dunkelbraune Lederstiefel, eine schwarze Hose, eine dunkelbraune Jacke und schwarze, fingerlose Handschuhe.

Wir blieben vor ihm stehen, woraufhin er uns mit einer angedeuteten Verbeugung empfing. „Ich begrüße Euch, Jania, Königin von Sûrania und Aaron, Berater der Königin. Mein Name ist Aletawo. Ich bin der Befehlshaber der rhûnischen Krieger und Wachen sowie der engste Vertraute von Königin Oxiaraw. Folgt mir, dann bringe ich Euch zu ihr." Aletawo drehte sich um und lief in Richtung Stadt.

Noranaw folgte ihm, während ich jedoch überrascht stehen blieb.

Aaron sah mich fragend an. „Was ist? Stimmt irgendetwas nicht?"

„Ich weiß nicht. Ich hatte irgendwie nicht damit gerechnet, dass wir so freundlich begrüßt und einfach reingelassen werden. Ich meine, sie durchsuchen uns nicht einmal nach Waffen und das, obwohl wir offiziell noch als Feinde gelten", sprach ich meine Gedanken aus und ließ meinen Blick über das offene Tor und die Wachen wandern, bis er schließlich an Aaron hängen blieb.

Aber der Nebelkrieger zuckte nur mit den Schultern. „Nora wird ihrer Königin gesagt haben, dass wir in friedlicher Absicht kommen. Außerdem hatte ich den Eindruck, dass sie einen recht hohen Rang hat. Sie scheint mit der Königin sehr engen Kontakt zu haben und das könnte für uns von Vorteil sein."

Er wurde von Noranaw unterbrochen, die kurz hinter dem Tor stehen geblieben war und wartete. „Wo bleibt ihr denn? Seid ihr dort draußen eingefroren oder traut ihr euch nicht, rein zu kommen? Ihr braucht euch wirklich keine Sorgen machen. Nur Oxiaraw und Aletawo wissen, wer ihr seid. Ich habe euch doch versprochen, dass meinen Freunden nichts passiert."

Also gingen wir ihr hinterher. Aletawo, der ebenfalls auf uns gewartet hatte, führte uns durch die Stadt direkt zur Burg.

Ich war überwältigt. Nie wäre ich auf die Idee gekommen, dass es hier mitten in den Bergen eine so große Stadt gab, die sogar noch größer als die Hauptstadt von Sûrania zu sein schien. Die Häuser waren aus Stein gebaut und alles wirkte gewaltig und auf den ersten Blick bedrohlich. Doch schon nach wenigen Minuten empfand ich das Gefühl von Sicherheit, das hier hinter den unüberwindbaren Stadtmauern herrschte.

Wir liefen über den Markt, wo ein reges Treiben war. Es wurden die verschiedensten Sachen von Waffen, über Tiere, Essen bis hin zu Schmuck und Kleidung angeboten. Uns blieb allerdings nicht viel Zeit, all die neuen Eindrücke zu verarbeiten.

Jedoch nahm ich mir vor, die Stadt und vor allem den Markt später noch genauer zu erkunden. Doch jetzt hatte ich im Moment keine Gelegenheit.

Als wir die Burg betraten, schauten uns einige Wachen und andere Angestellte neugierig an, aber niemand schien auch nur zu ahnen, wer wir waren. Wir wirkten wie ganz normale Gäste.

Während Aletawo und Noranaw uns durch die vielen verzweigten Gänge führten, bestaunte ich die Baukunst und Einrichtung. Sie ähnelte zwar der sûranischen, wirkte jedoch eher schlicht. Trotzdem gefiel sie mir und ich fühlte mich sofort wohl.

Als wir dann jedoch vor einer Tür stehen blieben, kehrte meine Anspannung zurück.

Eine Wache, die vor der Tür stand, nickte unserer Gruppe zu und trat zur Seite.

Aletawo klopfte an und betrat nach einem „Herein!“ das Zimmer. „Meine Königin.“ Er verbeugte sich und deutete dann auf uns. „Königin Jania von Sûrania und ihr Berater Aaron.“

Nun traten auch wir vor und senkten respektvoll den Kopf.

Eine Frau von etwa 50 Jahren mit langen, schwarzen Haaren und blauen Augen, gekleidet in ein nachtblaues Kleid kam auf uns zu. Sie begrüßte zuerst mich und dann Aaron mit einem freundlichen Händeschütteln. „Ich freue mich, euch kennenzulernen. Ich bin Oxiaraw, Königin der Rhûn. Noranaw hat mir bereits einiges über euch erzählt. Aber bitte, setzt euch doch.“ Sie zeigte auf ein Sofa, woraufhin wir Platz nahmen.

Oxiaraw ließ sich uns gegenüber auf einem Sessel nieder. „Wenn es euch nichts ausmacht, würde ich gerne Noranaw und Aletawo bei dem Gespräch dabei haben. Ich vertraue ihnen und ihre Meinung ist mir wichtig.“

Ich nickte als Antwort und die beiden Rhûn setzten sich auf ein zweites Sofa, das rechts an der Wand stand.

Die Königin sah mich interessiert und ein bisschen abwartend an.

Ich atmete tief durch, um mich zu beruhigen. „Ich vermute, Ihr möchtet zuerst die wahre Geschichte über die Vergangenheit hören, bevor wir über eine Waffenruhe verhandeln.“

Auf ihr Nicken hin begann ich zu erzählen. Ich setzte bei dem ersten Eindringen der Aghorer in die sûranische Burg ein und berichtete, was seit dem alles passiert war und welche neuen Erkenntnisse ich durch meine Zofe Bara erhalten hatte.

„Interessant“, sagte Oxiaraw, als ich geendet hatte. „Noranaw hatte Recht. Das verändert einiges.“ Sie dachte kurz nach. „Nun, ich halte Euch für sehr ehrlich und vertrauenswürdig. Ihr scheint viel durchgemacht zu haben und ich sehe Euch an, wie verzweifelt Ihr seid. Und doch beweist Ihr Mut und Stärke. Deshalb bin ich gerne bereit, Euch zu helfen. Ihr könnt solange hier bleiben, wie Ihr wollt und solltet Ihr einen Angriff auf Aghor planen, so werden Euch meine Leute zur Seite stehen. Doch bis dahin seid Ihr hier in Sicherheit."

„Danke. Ich weiß Eure Hilfsbereitschaft wirklich zu schätzen", sagte ich erleichtert.

Oxiaraw erhob sich und alle taten es ihr nach. Sie wandte sich an ihren Berater. „Aletawo, würdest du bitte für Königin Jania und Aaron Zimmer herrichten lassen?"

„Natürlich, meine Königin." Mit diesen Worten verschwand er.

Die rhûnische Königin richtete sich an Aaron und mich. „Ich würde mich freuen, wenn ihr heute Abend mit mir speisen würdet."

Wir nahmen ihre Einladung dankend an und verabschiedeten uns. Zusammen mit Nora verließen wir den Raum. Wenig später tauchte Aletawo auf und führte uns in unsere Zimmer.

Kapitel 20 – Beobachtungen

Das Zimmer war wirklich sehr schön. Es war nicht zu groß, aber auch nicht zu klein. Die Einrichtung bestand aus einem Bett, einem Schrank, einem Tisch und einem Sofa. Wenn man aus dem Fenster schaute, konnte man halb Eisdrachenstadt sehen. Es war eine wundervolle Aussicht.

Vor dem Essen machte ich mich noch frisch und zog saubere Kleidung an, die mir eine Dienerin gebracht hatte. Zum Essen hatte sich auch Aaron umgezogen, der das Zimmer neben mir bewohnte.

Königin Oxiaraw begrüßte uns wieder sehr freundlich und auch Noranaw und Aletawo wirkten gutgelaunt.

Der Abend wurde recht lang, denn nachdem alle satt waren, unterhielten wir uns noch. Es waren sehr erholsame Stunden, die mich sogar vergessen ließen, dass unsere Probleme noch längst nicht gelöst waren.

Nun war es inzwischen wieder früher Nachmittag. Ich hatte mir am Morgen gemeinsam mit Aaron und Noranaw die Stadt angesehen und den Markt besucht.

Jetzt war ich auf dem Weg zur Trainingshalle. Ja, so etwas gab es hier. Da die Krieger bei zu starkem Schneefall nicht draußen üben konnten, befand sich neben der Burg eine riesige Halle. Dort konnte sowohl Schwertkampf als auch Bogenschießen trainiert werden. Nicht, dass mir im Augenblick nach einer solchen Übungsstunde zu Mute war.

Aber im Laufe des gestrigen Abends hatten es Nora und Aaron einfach nicht lassen können, sich gegenseitig anzugiften. Egal worum es gegangen war, sie waren fast immer unterschiedlicher Meinung gewesen. Während eines solchen Streites hatte Noranaw Aaron zu einem Duell aufgefordert und er hatte das natürlich nicht abgelehnt. Dieses Schauspiel durfte ich mir einfach nicht entgehen lassen.

Als ich die Halle betrat, bemerkte ich, dass ich keineswegs der einzige Zuschauer war. Auf dem durch Säulen abgetrennten Gang an einer Seite der Halle standen Aletawo und eine junge Frau. Sie hatte lange, leicht gewellte Haare, blaue Augen und trug ein hellorangefarbenes Kleid. Trotz der anderen Haar- und Augenfarbe ähnelte sie Aletawo sehr.

Als die beiden mich entdeckten, winkten sie freundlich.

„Königin Jania! Schön, Euch zu sehen", begrüßte mich der Rhûn. „Darf ich Euch meine Zwillingsschwester Luxianaw vorstellen?" Er zeigte auf die junge Frau neben sich.

Deshalb sahen sie sich also so ähnlich. Sie waren Geschwister!

Luxianaw knickste höflich und lächelte mich an. „Es freut mich, Euch kennenzulernen, Königin."

„Ganz meinerseits", entgegnete ich, ebenfalls mit einem leichten Knicks. Irgendwie fand ich Aletawos Schwester auf Anhieb sympathisch.

„Seid Ihr gekommen, um die Niederlage Eures Beraters mitanzusehen?", fragte Aletawo mit einem spöttischen Grinsen.

„Was macht Euch so sicher, dass Nora gewinnt? Sie mag zwar eine gute Kämpferin sein, aber Aaron stammt aus dem größten Kriegervolk", verteidigte ich ihn.

In diesem Moment betraten die beiden Duellanten die Halle. Sie lächelten, als sie unsere kleine Zuschauergruppe sahen.

„Also dann mal los. Noch hast du die Chance, einen Rückzieher zu machen, bevor deine Königin mit ansehen muss, wie du gegen eine Frau verlierst", stichelte Noranaw.

Doch Aaron funkelte sie nur siegessicher an. „Das sagst du nur, weil du es bereust, mich zum Kampf aufgefordert zu haben. Jetzt hast du nämlich Angst zu verlieren."

Darauf erwiderte die Rhûn nichts, aber ihr selbstsicherer Blick und die Art, wie sie ihr Schwert zog, verrieten, dass sie keineswegs Zweifel hatte.

Zuerst standen sie sich nur gegenüber und warteten den ersten Angriff des jeweils anderen ab, doch dann begannen sie gekonnt zu kämpfen.

Während Aletawo die beiden aufmerksam beobachtete, schien Luxianaw nicht wirklich Interesse an diesem Duell zu haben. Sie stand ein paar Schritte abseits und wirkte irgendwie verloren. Da sie mir Leid tat, beschloss ich, mich zu ihr zu gesellen.

„Mein Bruder hat mir von Eurem Abenteuer erzählt. Es ist sicherlich nicht leicht für Euch, dass plötzlich alles komplett anders ist, als noch vor kurzem", begann Luxianaw.

„Ja, das stimmt. Aber ich habe Freunde, die mir zur Seite stehen und auf die ich mich verlassen kann", antwortete ich.

„Ich nehme an, damit meint Ihr vor allem Aaron."

Mir huschte ein kurzes Lächeln übers Gesicht und ich wurde etwas rot. „Darf ich fragen, was Euch zu dieser Vermutung bringt?", erkundigte ich mich neugierig, nachdem ich mich wieder unter Kontrolle hatte.

„Es ist nicht schwer zu erkennen, dass ihr euch recht nahe steht. Das Schicksal hat euch praktisch zusammengeführt und gelehrt, dass ihr einander vertrauen könnt", erklärte die Rhûn.

„Ich muss sagen, Ihr habt eine wirklich gute Beobachtungsgabe", sagte ich anerkennend.

Sie lachte. „Ja. Das meinen viele. Allerdings bin ich meistens etwas zu ehrlich und sage alles einfach offen heraus."

„Wie meint Ihr das?", fragte ich interessiert, während ich gerade sah, wie Aaron nur knapp einem Schwerthieb von Noranaw ausweichen konnte.

„Nun, ich könnte Euch erzählen, zu welchen Vermutungen mich meine Beobachtungen noch so gebracht haben. Allerdings könnte es ein bisschen unhöflich wirken", erklärte Luxianaw.

Doch ich schüttelte den Kopf. „Bitte, erzählt. Mich würde interessieren, was Ihr denkt", bat ich sie.

„Ok. Aber seid mir nicht böse, wenn es Euch zu persönlich wirkt. Ich denke nämlich, dass die Verbindung zwischen Euch und Eurem Berater auf mehr als nur Vertrauen basiert. Euch scheint es noch nicht aufgefallen zu sein, aber so wie er Euch vorhin angesehen hat…. Von sich aus würde er wohl nie etwas sagen, dazu ist er Euch viel zu treu ergeben. Aber er mag Euch sehr."

Luxianaw hatte Recht. Es war mir tatsächlich noch nicht aufgefallen, dass Aaron so tiefe Gefühle für mich haben könnte. Er hatte sich bisher nichts anmerken lassen. Umso erstaunlicher war es daher auch, dass es Luxianaw sofort bemerkt hatte.

„Ach ja. Und ich glaube, Ihr erwidert diese Gefühle, traut Euch aber nicht, etwas zu sagen, weil Ihr Euch noch nicht ganz sicher seid. Ihr wisst zwar, dass Ihr Euch auf ihn verlassen könnt. Aber Ihr habt trotz allem Zweifel, weil er ein Nebelkrieger ist."

Ich schaute sie überrascht und auch ein bisschen sprachlos an. Jedoch konnte ich es nicht abstreiten. Bis jetzt hatte ich mir selbst nicht erlaubt, auch nur darüber nachzudenken. Aber nun, wo Luxianaw es aussprach, sah ich ein, dass ich es schon längst hätte machen müssen.

„Ich sagte doch, es ist sehr persönlich und Ihr dürft es mir bitte nicht übel nehmen", entschuldigte sich die Rhûn. „Aber ich merke so etwas immer recht schnell."

„Ist schon in Ordnung. Ich hatte Euch schließlich darum gebeten. Außerdem habt Ihr mich zum Denken angeregt, wofür ich Euch dankbar sein sollte", antwortete ich. „Doch nun müsst Ihr mir erlauben, ebenfalls eine Vermutung zu äußern." Ich lächelte sie an.

„Natürlich. Worum geht es?", fragte sie sichtlich neugierig.

Mein Blick wanderte zu Aletawo. „Könnte es sein, dass Euer Bruder Interesse an Nora hat? Es wirkt, als sei zwischen ihnen mehr als nur Freundschaft."

Jetzt schmunzelte Luxianaw. „Ja. Er hat schon eine Weile Gefühle für sie, aber er ist sich nicht sicher, ob sie diese erwidert", antwortete sie.

Wir hätten wohl noch länger darüber diskutiert, doch in diesem Moment flog ein Schwert durch die Luft und landete polternd auf dem Boden.

Aaron hatte Noranaw die Waffe aus der Hand geschlagen. Sie bückte sich blitzschnell und wollte ein Messer aus dem Stiefel ziehen, doch der Nebelkrieger war schneller. Er stand plötzlich schräg hinter Nora, griff ihr Handgelenkt und dreht es leicht, sodass sie das Messer fallen ließ. Gleichzeitig hielt er ihr das Schwert an die Kehle.

„Na, wer ist nun der bessere Krieger?", fragte er grinsend und ließ sie los.

„Das war reines Glück. Nächstes Mal gewinne ich." Noranaw drehte sich wütend um.

Eine gute Verliererin schien sie nicht zu sein. Dafür freute sich Aaron über seinen Sieg, als hätte er eine entscheidende Schlacht gewonnen.

Freudestrahlend kam er zu uns herüber. Vor Luxianaw blieb er stehen und verbeugte sich. „Wenn ich mich vorstellen dürfte…“, begann er höflich.

Doch sie unterbrach ihn. „Das ist nicht nötig. Ich weiß, wer Ihr seid. Ich habe mich bereits mit Königin Jania über Euch unterhalten“, sagte sie mit einem grinsenden Seitenblick zu mir. „Mein Name ist übrigens Luxianaw. Ich bin die Zwillingsschwester von Aletawo.“

„Und meine beste Freundin“, ergänzte Nora, die auf uns zukam.

Aletawo hatte ihr tröstend eine Hand auf die Schulter gelegt. „Wie wäre es, wenn wir alle wieder in die Burg gehen? Dann könnten sich unsere beiden Streithähne vor dem Essen noch frisch machen“, schlug er vor.

Alle stimmten zu und wir verließen gemeinsam die Halle.

Kapitel 21 – Tränen, Heimweh und Umarmungen

Es war draußen bereits dunkel, als wir fünf fertig mit Essen waren. Die drei Rhûn begannen sich über Alltagsgeschichten und Drachen zu unterhalten, aber mir war nicht danach zu Mute.

Ich brauchte Zeit zum Nachdenken, denn seit dem Gespräch mit Luxianaw an diesem Nachmittag herrschte Chaos in meinem Kopf. „Wenn ihr mich entschuldigen würdet. Ich wollte noch einen Abendspaziergang machen", sagte ich daher.

Alle nickten und wir wünschten uns eine Gute Nacht.

Als ich gerade die Burg verlassen wollte, um durch die leer wirkende Stadt zu wandern, hörte ich plötzlich Schritte hinter mir. Bisher war mir niemand begegnet, was um diese späte Stunde kein Wunder war. Deshalb drehte ich mich nun neugierig um und erkannte Aaron.

„Hast du etwas dagegen, wenn ich dich begleite? Ich habe keine Lust, mich schon wieder einen ganzen Abend mit Nora zu streiten. Vor allem, weil sie jetzt nach ihrer Niederlage erst recht schlechte Laune hat."

Wie er mich mit seinen hellblauen Augen fast schon flehend ansah, konnte ich ihm diesen Wunsch einfach nicht abschlagen, auch wenn ich eigentlich dringend Zeit für mich brauchte. „Von mir aus kannst du mitkommen", meinte ich und wollte losgehen.

„Es gibt da noch jemanden, der unbedingt mit möchte, weil er sich etwas vernachlässigt fühlt“, ergänzte Aaron.

Ich sah ihn überrascht an und wollte schon fragen, wen er meinte, als aus einem Schatten hinter ihm Kayar auftauchte.

Der Schattenwolf kam auf mich zu und stupste mich zuerst mit der Schnauze an, bevor er sich an mich schmiegte.

„Ist ja gut. Es tut mir leid, dass ich mich in letzter Zeit so wenig um dich gekümmert habe. Natürlich kannst du mitkommen“, sagte ich und kraulte ihn liebevoll, was Kayar sichtlich genoss.

Wir waren schon eine ganze Weile schweigend nebeneinander hergegangen, als Aaron das Wort ergriff. „Du wirkst irgendwie traurig. Machst du dir Sorgen, wegen dem, was kommt? Ich meine, du wirst wahrscheinlich gegen deinen Vater kämpfen müssen. Noch dazu kommt die Sorge um Solana. Oder ist es etwas anderes, worüber du nachdenkst?“

Ich seufzte. „Ich weiß nicht. Es ist einfach alles zu viel. Verstehst du?“, antwortete ich etwas ausweichend. Schließlich konnte ich ihm schlecht sagen, dass ich mich fragte, was er für mich und ich für ihn empfand. „Meine Mutter ist vielleicht tot, mein Vater überhaupt nicht mein richtiger Vater und einer der Berater ein Verräter. Außerdem ich habe keine Ahnung, was gerade in Sûrania passiert und sitze hier mitten in den Bergen fest, weil überall meterhoher Schnee liegt.“ Als ich meine Probleme so aufzählte, brachen all die Trauer und Verzweiflung als ein Schluchzen aus mir heraus.

Aaron zögerte kurz und nahm mich schließlich in die Arme. „Ist gut. Beruhige dich. Alles wird gut“, flüsterte er immer wieder.

Es fühlte sich seltsam an, ihm so nahe zu sein, doch es war auch angenehm. Ich spürte, wie ich mich langsam entspannte und genoss die Umarmung noch eine Weile, bevor ich mich von dem Nebelkrieger löste.

„Danke“, sagte ich, als ich mir die letzten Tränen wegwischte.

Er lächelte mich aufmunternd an. „Du bist nicht allein, egal was kommt. Das darfst du nie vergessen, okay?“ Er hielt mich sanft an den Schultern und schaute mir direkt in die Augen.

Ich spürte, wie mein Herz begann schneller zu schlagen. Meine Haut begann zu kribbeln und ich hatte das Gefühl, mich in seinen himmelblauen Augen zu verlieren. Die Luft um uns herum schien zu prickeln.

Doch in diesem Moment ließ Aaron mich los und drehte sich verlegen weg. Damit war diese wundervolle Stimmung zerstört. Ihm schien die Intensität dieses Augenblicks nicht entgangen zu sein, aber es war ihm allem Anschein nach peinlich.

Das fand ich zwar irgendwie schade, aber ich beschloss, Aaron aus dieser unangenehmen Situation zu befreien. Also versuchte ich ein Gespräch zu beginnen. Ich fragte das Erste, was mir in den Sinn kam. „Was ist eigentlich mit deiner Mutter? Ich weiß nur etwas über deinen Vater, Salec, und selbst da nicht viel.“

Aaron wirkte froh über den Themenwechsel, obwohl er gleichzeitig traurig aussah. „Sie ist vor sechzehn Jahren gestorben“, antwortete er.

„Oh. Das tut mir leid.“ `Mist, das war wohl doch kein so gutes Thema gewesen´, dachte ich und sah ihn entschuldigend an. „Du musst nicht darüber reden, wenn du nicht willst.“

„Nein. Ist schon in Ordnung. Frag nur, wenn du was wissen willst.“

„Wie ist sie denn gestorben? War sie krank oder war es ein Unfall oder wurde sie…?", fragte ich vorsichtig, denn neugierig war ich schon.

„Sie ist bei der Geburt meiner kleinen Schwester gestorben", erwiderte Aaron traurig, als er sich daran erinnerte.

„Du hast eine Schwester?", fragte ich erstaunt.

„Ja. Sie heißt Esira."

„Wieso hast du nie etwas von ihr oder deiner Mutter erzählt?" Kaum dass ich diese Frage ausgesprochen hatte, wurde mir sofort klar, wie unsinnig sie war. Natürlich wusste ich nichts von ihnen, schließlich kannte ich Aaron im Grunde kaum. Noch vor etwa einem Monat hatte ich ihm nicht einmal richtig über den Weg getraut.

Aaron zuckte mit den Schultern. „Ich habe irgendwie versucht, alles zu vergessen. Ich hatte nie damit gerechnet, eines Tages nach Aghor zurückzukehren und meine Familie vielleicht wieder zu sehen.

Damals war ich nur wütend auf meinen Vater, weil er mich im Stich gelassen hatte, als ich ihn gebraucht hätte. Er ließ mich einfach so schwer verletzt liegen, so als sei es ihm egal, ob ich sterbe.

Als ich mich entschloss, in Sûrania zu bleiben, war das eine endgültige Entscheidung. Ich wollte die Vergangenheit hinter mir lassen und ein neues Leben anfangen. Wenn Areia, meine Mutter, noch gelebt hätte, wäre ich wahrscheinlich abgehauen und zurückgegangen. Natürlich habe ich oft an Esira gedacht, wie es ihr wohl geht, weil nun ja nur noch Salec da ist. Aber inzwischen ist Sûrania meine Heimat geworden", erklärte er.

Ich sah ihn voller Mitleid an. Bisher hatte ich selbst so viel um die Ohren gehabt, dass ich überhaupt nicht daran gedacht hatte, dass es auch für Aaron keine leichte Zeit war. „Wie fühlt es sich an? Ich meine, es deutet alles darauf hin, dass wir nach Aghor müssen, um gegen sie zu kämpfen."

Er lächelte traurig. „Seltsam. Einerseits würde ich meine Schwester gerne wieder sehen und wissen, was aus ihr geworden ist. Mich würde interessieren, was sich in den letzten Jahren alles verändert hat. Aber andererseits ist da auch immer noch die Wut auf meinen Vater. Ich weiß, dass er und Langar im Unrecht sind. Trotzdem fällt es mir schwer, dass ich jetzt gegen sie kämpfen muss.

Versteh mich nicht falsch. Ich werde nicht die Seiten wechseln oder so. Und wenn es wirklich sein muss, werde ich gegen sie in den Krieg ziehen. Aber sie waren einst meine Familie, mein König, meine Heimat."

Es war ihm anzusehen, wie sehr es ihn mitnahm. Aaron hätte wohl nie etwas von sich aus gesagt oder sich beklagt, dafür war er viel zu streng erzogen worden. Trotzdem wirkte er nun niedergeschlagen und schien gegen Tränen anzukämpfen.

Ich wollte ihm so gerne helfen und ihn trösten. „He. Ich kann dich verstehen", sagte ich deshalb aufmunternd und legte vorsichtig meine Hand auf seinen Arm.

Ich bemerkte, wie Aaron sich wegdrehen wollte, weil es ihm peinlich war. Der Nebelkrieger war es nicht gewohnt, Gefühle zu zeigen.

„Dir muss es nicht unangenehm sein, nur weil du deine Familie vermisst. Das ist ganz normal und niemand, schon gar nicht ich, würde dir deshalb Vorwürfe machen", sagte ich.

Da schien er auch das letzte bisschen Selbstbeherrschung zu verlieren und eine Träne kullerte über seine Wange.

Als ich das sah, war es mir egal, wie es wirken musste und nahm Aaron in den Arm. Nun war er derjenige, der Halt suchte. All die Jahre hatte er seine wahren Gefühle unterdrückt, doch nun brach alles aus ihm heraus.

Da ich immer noch total fertig mit den Nerven war und ich mich in Aarons Nähe einfach sicher und geborgen fühlte, begann ich gleich mit zu weinen.

So standen wir eine ganze Weile. Es war ein komisches Gefühl und doch irgendwie schön.

Als wir danach noch durch die Stadt gingen und uns schließlich voneinander verabschiedeten, um schlafen zu gehen, waren wir beide etwas betreten. So nah, sowohl körperlich als auch seelisch, waren wir uns bisher nicht gekommen.

Es war klar, dass wir beide noch lange wach liegen und über diesen Abend nachdenken würden.

Kapitel 22 – Ein Plan

Die folgenden drei Tage verliefen ruhig. Jeder schien seinen eigenen Gedanken und Sorgen nachzuhängen und sich einfach nur auszuruhen.

Am Nachmittag des vierten Tages trafen wir uns alle auf einem Balkon und genossen die Sonne. Es hatte endlich aufgehört zu schneien und das Wetter war richtig schön, auch wenn es noch immer sehr kalt war.

Noranaw und Luxia, wie Luxianaw genannt wurde, saßen nebeneinander auf einer Bank und spielten mit Ceraiva.

Aletawo und Aaron standen an der Balkonbrüstung und diskutierten über die Vor- und Nachteile, einen Drachen beziehungsweise einen Raben zu haben. Dabei flog Karjo ständig um die beiden herum und landete gelegentlich auf Aarons Schulter.

Ich saß kurz neben Nora auf der Bank und hörte den Gesprächen der anderen zu, während ich Kayar streichelte. Der Schattenwolf saß vor mir und schien es zu genießen, dass ich endlich wieder Zeit für ihn hatte.

„Was hast du jetzt eigentlich vor?", fragte mich Noranaw plötzlich.

Sofort verstummten alle und sahen zwischen ihr und mir neugierig hin und her. Diese Frage beschäftigte uns alle.

„Ich weiß es nicht", antwortete ich. „Auf jeden Fall dürfen wir nicht mehr zu lange warten, bis wir etwas unternehmen. Sobald Langar herausgefunden hat, dass er von Seiten des Drachenvolkes nicht mehr auf Unterstützung hoffen kann, ist unsere Chance auf einen Überraschungsangriff dahin", erklärte ich, was mir schon seit einer Weile durch den Kopf ging.

„Ja. Wir sollten uns dringend etwas überlegen", stimmte Aaron zu. „Bei dem vielen Schnee wird es sicher nicht leicht, Aghor anzugreifen."

„Oxiaraw hat euch doch versichert, dass unsere Leute hinter euch stehen. Und wir sind die besten Kämpfer im hohen Schnee, schließlich haben wir den hier oben das ganze Jahr über", entgegnete Aletawo.

„Aber das Wetter ist nicht unser einziges Problem. Denn auch wenn ihr Rhûn ein Kriegervolk seid, Aghors Truppen bestehen hauptsächlich aus Nebelkriegern. Und die sind auch ohne den Einsatz ihrer speziellen Fähigkeiten gefährlich und keine leichten Gegner", warf ich zu bedenken ein und dachte dabei an das Duell zwischen Aaron und Noranaw, welches der Nebelkrieger gewonnen hatte - auch ohne sich unsichtbar zu machen oder aufzulösen.

Dieser stimmte mir auch sofort zu. „In Aghor gibt es zwar keine Wälder, wo sie uns aus dem Hinterhalt angreifen können, aber die offenen Flächen machen es nicht leichter. Natürlich kann ich sie auch sehen, wenn sie sich unsichtbar machen, aber das wird euren Kriegern nicht allzu viel nützen."

Daraufhin herrschte eine Weile bedrücktes Schweigen und jeder dachte über eine Lösung für das Problem nach.

„Wir könnten doch die Teylaer um Hilfe bitten", schlug Luxianaw vor.

„Stimmt. Dann müssten wir zwar eine Weile warten, bis sie da sind, aber wir wären dadurch zahlenmäßig überlegen. Ihr seid doch so gut mit diesem König Ragen befreundet", unterstützte Noranaw ihre beste Freundin und sah mich fragend an.

„Ja. Schon. Aber…"

„Jania. Wir müssen jede Unterstützung, die wir bekommen können, nutzen“, unterbrach mich Aaron. „Aus Sûrania dürfen wir nicht auf Hilfe hoffen. Garet würde niemals die Seiten wechseln, dazu ist er viel zu machtgierig. Wir könnten den Beistand durch die Teylaer wirklich gebrauchen.“

Ich musste zugeben, dass mir dieser Gedanke auch schon gekommen war. Aber das Leben so vieler zu riskieren? Andererseits blieb uns gar keine andere Wahl. Wenn sogar mein Berater dieser Meinung war, der sich mit den Kriegern von Aghor am besten auskannte, wäre es wohl tatsächlich das Beste.

„Einverstanden. Aber ich finde, wir sollten auch in Sûrania Bescheid geben. Dort weiß niemand, dass die Rhûn jetzt auf unserer Seite stehen. Außerdem sollten Dorian und Bara wissen, dass es uns gut geht und was wir vorhaben. Sie machen sich sicherlich schreckliche Sorgen“, lenkte ich schließlich ein. Bei dem Gedanken an Teyla und meine Freundin Tam hatte ich sofort auch an meine Kammerzofe denken müssen.

„Und wie wollt ihr die Nachrichten überbringen? Ein Bote würde Wochen brauchen“, fragte Aletawo zweifelnd.

Bevor ich etwas sagen konnte, ergriff Luxia das Wort. „Also, Brüderchen. Wozu ist dieser Rabe denn da?“, meinte sie leicht tadelnd, aber zugleich mit einem Lächeln in der Stimme.

Doch der Rhûn schien nicht ganz überzeugt. „Schafft er eine so weite Strecke ohne Pause?“

„Natürlich. Karjo ist der schnellste und beste Bote, den es gibt“, verteidigte Aaron seinen Raben.

„Aber auch dein Karjo kann sich nicht zerteilen. Wir sollten überlegen, wie wir zwei Leute an verschiedenen Orten gleichzeitig benachrichtigen wollen“, warf Nora ein.

Damit stellte sie uns auch schon vor das nächste Problem.

„Wir schicken den Raben ganz einfach zuerst nach Teyla und bitten sie, Karjo mit dem zweiten Brief weiter nach Sûrania zu schicken", schlug Luxianaw vor.

„Gute Idee", stimmte Aaron zu. „Am besten wir fangen sofort an, die Briefe zu schreiben."

Also gingen wir fünf nach drinnen und holten uns Schreibsachen. Wir setzten uns in Aarons Zimmer und überlegten gemeinsam, wie wir König Ragen und Dorian jeweils die Lage schildern sollten.

Gegen Abend waren dann zwei Schreiben fertig, die Karjo ans Bein gebunden bekam. Dann schickten wir den Raben auf seine Reise.

Die nächsten Tage waren grauenhaft. Das ständige Warten auf Antwort zerrte bei allen an den Nerven.

Am zehnten Tag kehrte Karjo dann endlich total erschöpft zurück. Wir versammelten uns in Aarons Zimmer, um die Antworten zu lesen.

Es waren zwei Briefe, die wir erhalten hatten.

Der eine war von Dorian und Bara, die uns mitteilten, dass Garet in der Zwischenzeit, wie bereits von uns vermutet, die Herrschaft übernommen hatte. Die Berater Lonar und Tano wussten über alles Bescheid. Dorian hatte ihnen eine Woche nach meiner Flucht die Wahrheit erzählt, jedoch hatten sie Garet nicht aufhalten können. Dieser verschwieg dem Volk gegenüber mein Verschwinden und tat so, als würde noch immer ich und nicht er regieren. Vermutlich aus Angst, dass Langar ihm sonst den Thron streitig machen würde, schließlich wollte der Aghorer selbst König von Sûrania werden.

Ansonsten war alles ruhig, so lange sich Dorian, Lonar, Tano und Bara nicht anmerken ließen, wie viel sie wussten.

Der zweite Brief stammte aus Teyla. König Ragen versicherte uns, dass er seine Truppen sofort losgeschickt hatte. Er würde mit seinen Kriegern so schnell wie möglich hier her kommen.

Uns blieb also nichts anderes übrig, als so lange zu warten.

Kapitel 23 – Ankunft mit Überraschung

Bereits zwei Tage später erreichten die Teylaer Eisdrachenstadt. Das Heer, angeführt von König Ragen, war auf den Plumas geritten und hatte so den weiten Weg zügig zurückgelegt. Wir empfingen sie vor der Burg.

„Willkommen in Eisdrachenstadt. Ich bin die Königin der Rhûn, Oxiaraw", begrüßte diese Ragen, als alle von den Plumas abgestiegen waren.

„Es freut mich, Euch kennenzulernen. Ich bin König Ragen von Teyla", erwiderte er den Gruß und trat einige Schritte vor.

„Schön, dich wieder zu sehen, Jania. Aber du hättest dir einen wärmeren Ort als Treffpunkt aussuchen können." Mit diesen Worten umarmte er mich.

Ich lächelte. „Danke, dass du gekommen bist."

„Ich kann dich doch nicht alleine in den Krieg ziehen lassen", sagte Ragen und gab mich aus der Umarmung frei.

„Naja, alleine ist Jania auf keinen Fall." Aaron trat neben mich und begrüßte König Ragen mit einer Verbeugung.

„Ja, das glaube ich Euch. Es tut mir übrigens Leid, dass auch ich zeitweise an Eurer Treue gegenüber Sûrania gezweifelt habe", erwiderte der König.

Doch Aaron winkte ab. „Ist schon vergessen."

„Darf ich dir nun unsere neuen Freunde vorstellen?", fragte ich Ragen und führte ihn zu der kleinen Gruppe Rhûn. „Das ist Noranaw."

„Hallo! Freut mich, Euch endlich einmal persönlich kennen zu lernen. Ich habe schon viel von Euch gehört", sagte sie.

„Luxianaw."

„Willkommen", begrüßte diese den König und knickste.

„Und ihr Zwillingsbruder Aletawo", stellte ich einen nach dem anderen vor.

„Willkommen. Ich bin übrigens der Befehlshaber der rhûnischen Truppen. Solltet Ihr also Fragen haben, ich stehe Euch jeder Zeit zur Verfügung", empfing Aletawo König Ragen.

„Wenn das dann geklärt wäre, würde ich Euch bitten, mir zu folgen", sagte Königin Oxiaraw an Ragen gewandt. „Ich würde mich gerne noch ein bisschen mit Euch unterhalten. Für Eure Leute wurden bereits Schlafplätze in Gästezimmern und Wirtshäusern vorbereitet."

„Das ist sehr freundlich. Aber zuvor würde ich gerne wissen, wann denn geplant ist, aufzubrechen?", fragte Ragen.

„Wenn das für Eure Leute in Ordnung ist, gleich morgen Früh. Je eher, desto besser", antwortete Aletawo und schien schon einen genauen Plan für die Reise im Kopf zu haben.

„Das müsste gehen", stimmte der teylaische König zufrieden zu.

Danach löste sich die kleine Versammlung auf. Ragen und Oxiaraw gingen in Richtung Burg, die Teylaer machten sich auf den Weg zu ihren Unterkünften, Aletawo ging von Noranaw begleitet seinen Leuten Bescheid sagen, Luxia wollte die Plumas kennenlernen und Aaron und ich entschieden uns für einen Spaziergang.

Irgendwie hoffte ich, dass wir uns wieder so nahe kommen würden wie vor zwei Wochen. Doch diese Hoffnung wurde zerstört, als ein Teylaer hinter uns her rannte und neben mir anhielt.

Ich wollte den Krieger schon fragen, was los sei, als ich merkte, dass es gar kein Mann war. „Tamriel!? Was machst du hier?", fragte ich überrascht, als ich meine beste Freundin hinter der Verkleidung erkannte.

„Ich wollte euch begleiten", antwortete sie und strahlte mich an.

„Weiß dein Vater, dass du hier bist?", fragte ich, obwohl ich die Antwort schon kannte.

„Nein. Er wollte nicht, dass ich mitkomme. Es sei viel zu gefährlich. Aber ich kann mir so ein Abenteuer doch nicht entgehen lassen! Also habe ich mich als Krieger ausgegeben und bisher hat mich auch niemand erkannt." Tam wirkte richtig stolz.

„Aber Euer Vater hat Recht. König Ragen wird sicher nicht erfreut sein, wenn er erfährt, dass seine Tochter sich in solche Gefahr begibt", meinte Aaron leicht tadelnd.

„Ihr werdet ihm doch nichts sagen, oder? Bitte, ich möchte mitkommen", sagte Tamriel flehend und mit Angst in der Stimme.

„Es tut mir Leid, Prinzessin, aber wir werden es ihm sagen müssen. Ob Ihr hier bleiben oder uns begleiten werdet, wird er entscheiden", sagte Aaron entschlossen.

„Das stimmt. Tam, stell dir vor, dir passiert etwas, nur weil niemand wusste, dass du mit bist. Ich würde mir das nie verzeihen. Ragen muss Bescheid wissen", stimmte ich meinem Berater zu.

Tamriel seufzte. „Ihr habt ja Recht. Es war dumm von mir. Aber ich wollte euch helfen und auch dabei sein. Am besten ich gehe selbst zu meinem Vater und beichte es ihm. Vielleicht verzeiht er mir ja und ich darf mit."

Sie sah so einsam und traurig aus, dass ich beschloss, ihr zu helfen. „Wenn du möchtest, begleite ich dich. Vielleicht können wir Ragen gemeinsam überzeugen.“

„Danke. Das wäre wirklich nett“, sagte Tam und lächelte.

Da Aaron sich nicht auch noch einmischen wollte, gingen wir beide alleine los.

Als wir ein Stück gelaufen waren, sagte Tam plötzlich: „Jetzt erzähl!“

Ich sah sie überrascht und fragend an. „Was soll ich erzählen?“

„Tu nicht so! Ich habe gemerkt, wie du Aaron aus den Augenwinkeln angeschaut hast. Und dass ihr zwei einen gemeinsamen Spaziergang durch die kleinsten, leeren Gassen macht, ist mehr als verdächtig. Also, was ist da zwischen euch?“, fragte Tamriel neugierig.

„Nichts“, entgegnete ich. „Das heißt, ich weiß es nicht so genau.“ Ich erzählte ihr von dem Abend, an dem wir uns so nahe gekommen waren, meinen Gedanken und Gefühlen.

„Du bist in ihn verliebt. Eindeutig“, stellte die teylaische Prinzessin nach meinem Bericht fest.

„Möglich. Aber ich bin mir nicht sicher, was er fühlt. Außerdem ist für so etwas im Moment keine Zeit. Wir haben schon genug Schwierigkeiten und so eine Gefühlssache würde alles nur noch komplizierter machen. Sag mir lieber, ob sich zwischen dir und Dorian etwas getan hat“, wechselte ich das Thema.

Sie wurde rot. „Nicht wirklich. Wir haben uns weder gesehen, noch geschrieben. Vermutlich wollte er Abstand, um mich in diese Geschichte nicht mit hineinzuziehen. Es ist ja wirklich viel passiert und dass sein Vater ein mieser Verräter ist, ist für Dorian bestimmt auch nicht leicht.“

„Bist du immer noch so strikt gegen eine Heirat mit ihm?“,
fragte ich.

„Naja. Ich mag ihn, sehr sogar. Ach, ich weiß es nicht“,
seufzte Tam.

Wahrscheinlich hätten wir uns noch länger darüber unterhalten, wenn wir nicht bereits die Burg erreicht hätten.

Wir fanden König Ragen, als er gerade Oxiaraws Arbeitszimmer verließ.

Er lächelte uns an, wurde jedoch von einem Moment auf
den anderen ernst. „Tamriel?! Wie bist du hier her gekommen?“

„Es tut mir so Leid, Vater.“ Mit Tränen in der Stimme gestand sie ihm alles. „Bitte, schicke mich nicht zurück und lass
mich bitte auch nicht hier. Ich kann kämpfen, das weißt du.
Bitte!“

Ragen schien zu überlegen. „Ich finde es gut, dass du von
selbst gekommen bist, auch wenn ich natürlich enttäuscht bin,
dass du nicht auf mich gehört hast und zu Hause geblieben
bist. Aber wahrscheinlich wäre es tatsächlich falsch, dich hier
zu lassen. Du darfst mitkommen unter einer Bedingung: Von
nun an tust du, was ich dir sage. Einverstanden?“

Tamriel nickte freudestrahlend. „Danke, Vater.“ Sie umarmte ihn.

Da sie meine Unterstützung nicht mehr zu gebrauchen
schien, schlich ich mich weg und ließ Vater und Tochter allein.

Es war schön, dass Tam da war. Ich konnte meine beste
Freundin wirklich dringend in meiner Nähe gebrauchen.

Kapitel 24 – Die Reise

Am nächsten Morgen brachen wir kurz nach Sonnenaufgang auf. Königin Oxiaraw, Noranaw, Aletawo, Luxianaw und die anderen Rhûn flogen auf ihren Drachen, während die Teylaer, König Ragen, Tamriel, Aaron und ich auf den Plumas ritten. Wir würden etwa eineinhalb Wochen unterwegs sein, wenn uns kein Schneesturm oder ähnliches aufhielt.

Der erste Tag verging schnell. Wir kamen ohne Schwierigkeiten voran und legten nur gegen Mittag eine Pause ein. Am Abend schlugen wir dann unser Lager auf.

Während die Tiere auf Nahrungssuche gingen, aßen wir etwas von dem Proviant. Wir mussten uns das Essen genau einteilen, da es sonst für so viele nicht lange genug reichen würde. Mehrere Drachen und Plumas mussten als Lastentiere für Decken und Essen eingesetzt werden, doch auch so wurde es mit allem knapp.

Es mussten jeweils mehrere auf einem Pluma beziehungsweise einem Drachen reiten, zu essen gab es nur das Nötigste und auch die Decken müssten immer von zwei Leuten gemeinsam genutzt werden.

So teilten sich zum Beispiel auch Aletawo und Nora, sowie Luxia und Tam ein Lager.

Eigentlich hatte ich ja mit einer der beiden zusammen gewollt, doch sie hatten nur grinsend den Kopf geschüttelt. „Jetzt hast du die Chance, Aaron zu fragen. Das solltest du nutzen.“

Ich war ihnen zwar dankbar, dass sie mir helfen wollten, aber peinlich war mir dieser Gedanke trotzdem. Allerdings würde mir gar nichts anderes übrig bleiben, da ich sonst kaum jemanden kannte

Doch wenigstens hatte ich Glück und musste ihn nicht fragen, denn Aaron schien bereits bemerkt zu haben, dass ich alleine da stand. „Sieht so aus, als würden deine Freundinnen dich nicht wollen", sagte er lächelnd. „Du könntest mit zu mir kommen, das heißt, wenn das für dich in Ordnung ist."

Ich musste kichern, weil es einfach nur niedlich aussah, wie Aaron plötzlich leicht rot wurde. Schließlich stimmte ich jedoch zu, woraufhin wir uns eine Decke holten und sie auf einem freien Platz ausbreiteten.

Obwohl ich mehrere Kleider trug und wie fast jeder hier eine Decke umhängen hatte, war mir kalt. Ich würde wirklich froh sein, wenn wir endlich aus den Bergen heraus wären. Auf der Ebene und in den Wäldern würde die Kälte erträglicher sein, als hier in den Takisbergen.

„Frierst du?", fragte Aaron flüsternd, als ich zitterte.

„Mh", antwortete ich und zog die Decke enger um mich. Sie war einfach zu klein, als das man sich mit ihr richtig zudecken könnte.

Aaron, der sich hinter mich gelegt hatte, schob meine Decke leicht zur Seite und rutschte stattdessen näher. Er legte den Arm sacht um mich und zog mich an sich. Dadurch wurden mein Rücken von ihm und der Rest von der Decke gewärmt.

„Danke", flüsterte ich und kuschelte mich an ihn. Es war ein wundervolles Gefühl, so in seinen Armen zu liegen. Bereits wenige Sekunden später war ich eingeschlafen und träumte von Sonne, grünen Feldern und Aaron.

Die nächsten Tage verliefen ähnlich. Tagsüber ritten und flogen wir und legten nur so selten wie möglich eine Rast ein. Nachts schlugen wir dann das Lager auf, und am Morgen ging es wieder weiter.

Als wir die Berge endlich hinter uns gelassen hatten, hellte sich die Stimmung bei allen Nicht-Rhûn auf. Die Kälte war nicht mehr so beißend und man konnte den Winter schon fast genießen.

Obwohl ich dadurch nicht mehr fror, nahm mich Aaron trotzdem noch jede Nacht in den Arm. Ich hatte keineswegs etwas dagegen. Im Gegenteil: Es freute mich. Ich fühlte mich einfach wohl und beschützt bei ihm.

Jedoch war ich mir nicht sicher, ob Aaron mich aus Hilfsbereitschaft, um mich zu wärmen, in den Arm nahm, oder weil er tatsächlich Gefühle für mich hatte. Und mit ihm darüber zu reden, traute ich mich nicht.

Dafür schien jemand anderes endlich seine Liebe gestanden zu haben. Zumindest sah man Noranaw und Aletawo nur noch zusammen und nicht selten hielten sie dabei Händchen.

Insgesamt schien diese Reise alle etwas mehr zusammenzubringen. Unsere inzwischen unzertrennbare Gruppe, bestehend aus Luxianaw, Nora, Aletawo, Aaron und mir, wurde durch Tam noch vergrößert.

Alles in allem wäre die Reise also wunderschön gewesen, wenn sie nicht einen Kampf gegen Aghor bedeutet hätte. Solange wir noch unterwegs waren, schien niemand daran denken zu wollen, doch je weiter wir uns Aghor näherten, desto angespannter wurden alle.

Nach zwölf langen Tagen ließen wir den Wald hinter uns und vor uns begann ein Sumpf. Das machte allen klar, dass es nun kein Zurück mehr gab. Die entscheidende Schlacht stand kurz bevor und es war nur noch eine Sache von höchstens zehn, zwölf Stunden bis wir den ersten Aghorern begegnen würden. Sie hatten sicher Grenzwachen hier irgendwo in der Nähe.

Als wir Aghors Grenze überschritten, lief mir ein kalter Schauer über den Rücken. Wie weit würden wir kommen? Hatten wir überhaupt eine Möglichkeit, zu gewinnen? Was war mit meiner Mutter? Ging es ihr gut? Könnten wir sie befreien? Wusste Langar inzwischen, dass ich seine Tochter war? Wie würde er reagieren?

Mir gingen tausend Fragen durch den Kopf, aber niemand konnte mir eine Antwort geben. Ich konnte lediglich hoffen, dass sich in letzter Sekunde alles zum Guten wenden würde.

Kapitel 25 – Ständige Angst und ein Plan

Nachdem wir uns etwa vier Stunden durch einen Sumpf ge-kämpft hatten und es bereits dunkel wurde, erreichten wir trockenen Boden. Hier schlugen wir das Nachtlager auf. Mehrere Krieger wurden als Wachen aufgestellt, um einen nächtlichen Angriff zu verhindern.

Ganz wohl fühlte ich mich trotzdem nicht. Die Dunkelheit und die Nähe unserer Feinde machten mir stark zu schaffen. Ich beobachtete die Anderen und stellte fest, dass mehrere sich immer wieder ängstlich umsahen. Diese Nacht würden wohl einige keinen Schlaf finden.

Während sich nach und nach alle hinlegten, um wenigstens zu versuchen, etwas Ruhe zu finden, saß ich auf der Decke und beobachtete die Umgebung.

Plötzlich stupste mich jemand am Arm. Es war Kayar. Der Schattenwolf hatte sich die letzten Tage selten blicken lassen und war meistens ein Stück vor oder hinter der Gruppe gelaufen und irgendwelchen Tierspuren gefolgt. Allerdings schien er die Bedrohung, die überall lauern konnte, zu spüren und kam nun schutzsuchend zu mir.

Ich zog ihn an mich heran und drückte mein Gesicht in sein weiches Fell.

„Ein toller Beschützer! Sobald wir dem Feind näher kommen, sucht er Zuflucht. Kayar, du bist ein Angsthase!", sagte Aaron lachend. Er setzte sich neben mich und streichelte den Schattenwolf.

„Er ist kein Angsthase! Nur ein bisschen scheu, was in dieser unbekannten Gegend ganz natürlich ist“, verteidigte ich Kayar. Natürlich wusste ich, dass Aaron mich einfach nur ablenken wollte und machte deshalb den Spaß auch mit.

Als wolle Kayar mir zustimmen, hob er den Kopf und heulte.

„He! Ist ja gut. Es war doch nicht so gemeint. Ich weiß, dass du Jania schon mehrfach erfolgreich beschützt hast“, entschuldigte sich Aaron sofort bei dem Schattenwolf.

Dieser kletterte von meinem Schoß, wo er eigentlich längst nicht mehr drauf passte, es aber trotzdem noch oft versuchte und kuschelte sich zwischen uns. Wir saßen eine Weile so da und kraulten Kayar.

„Du solltest versuchen, zu schlafen“, sagte Aaron schließlich.

„Ich glaube nicht, dass ich das kann“, antwortete ich. Natürlich war ich müde und erschöpft, aber die Angst hielt mich wach.

„Du brauchst den Schlaf.“ Aaron griff über Kayar hinweg und nahm beruhigend meine Hand. „Du musst keine Angst haben. Du hast den mutigsten Schattenwolf an deiner Seite“, sagte der Nebelkrieger mit einem Lächeln und wuschelte Kayar mit der freien Hand durchs Fell. „Und ich bin auch da. Wenn du dich dann sicherer fühlst, bleibe ich hier sitzen und halte die ganze Nacht über Wache.“ Er sah mich fragend an.

Ich schüttelte jedoch den Kopf. „Du brauchst den Schlaf genauso. Außerdem fühle ich mich auch sicher, wenn du einfach nur da bist. Dazu musst du nicht Wache halten.“ Ich lächelte ihn etwas schüchtern bei diesem Geständnis an. „Und du machst dich jetzt von der Decke runter, Kayar.“ Ich schob den Schattenwolf zur Seite, woraufhin er sich neben unserem

Lager niederließ. Dann nahm ich meine Decke und kuschelte mich hinein.

Aaron legte sich wieder hinter mich und nahm mich in den Arm. „Hab keine Angst. Ich bin da und beschütze dich. Versuch zu schlafen", flüsterte er, doch da war ich schon fast eingedöst.

Plötzlich schreckte ich hoch. Sofort schaute ich mich suchend um, konnte jedoch nichts erkennen, was mich geweckt haben könnte.

Im Osten ging langsam die Sonne auf und ließ den Schnee funkeln. Die meisten schliefen noch. Nur die Wachen standen oder saßen da und behielten die Umgebung im Blick. Auch Kayar war munter, lauschte und schaute sich um.

„Was ist los?", flüsterte Aaron leicht verschlafen. Ich hatte ihn mit meiner abrupten Bewegung anscheinend mit aus dem Schlaf gerissen.

„Ich weiß es nicht. Irgendetwas hat mich geweckt." Ich versuchte im aufziehenden Frühnebel etwas zu erkennen. Obwohl ich nichts Verdächtiges sah, bekam ich das Gefühl nicht los, beobachtet zu werden. „Spürst du das auch?", fragte ich Aaron leise, weil ich mich nicht traute, lauter zu reden.

„Was meinst du?", flüsterte er genauso leise zurück.

„Dass da jemand ist. Aber ich kann niemanden sehen."

Aaron ließ seinen Blick über die Ebene wandern. Plötzlich hielt er inne.

„Was ist?", fragte ich und mein Herz begann vor Angst zu rasen.

„Du hast Recht. Wir werden beobachtet. Es sind Langars Truppen", antwortete mein Berater.

„Ich sehe immer noch niemanden", sagte ich und versuchte noch angestrengter, etwas zu erkennen.

„Das kannst du auch nicht. Es sind Nebelkrieger. Sie haben sich unsichtbar gemacht", erklärte Aaron. Er pfiff kurz und leise in einem seltsamen Ton. Als Karjo daraufhin zu uns geflogen kam, erkannte ich, dass es ein Zeichen - eine Art Lockruf - war.

„Was hast du vor?", flüsterte ich neugierig, als Aaron ein dünnes Seil aus der Tasche zog, ein Ende an Karjos Bein band und das andere sich ums Handgelenk wickelte.

„Ich muss aufpassen, dass sie Karjo nicht erkennen. Deshalb muss ich verhindern, dass er wegfliegen kann. Ansonsten ist es möglich, dass sie auch mich erkennen. Ich habe keine Ahnung, wie sie darauf reagieren würden. Außerdem sind wir im Vorteil, so lange sie sich überlegen fühlen. Vielleicht begehen sie einen Fehler."

„Du meinst, weil sie nicht wissen, dass du sie sehen kannst. Wenn sie dich aber erkennen, ist ihnen natürlich klar, dass sie sich nicht unbemerkt anschleichen können. Glaubst du, sie wollen uns angreifen?", fragte ich mit Angst in der Stimme.

Aaron legte mir beruhigend den Arm um die Schultern. „Nein. Zumindest noch nicht. Im Moment wollen sie bloß die Lage auskundschaften: Wie viele wir sind. Welche Schwachstellen die Gruppe hat. Solche Sachen. Es sind noch zu wenige, um uns anzugreifen, aber lange wird es nicht mehr dauern. Wir sollten den anderen Bescheid sagen. He, Jania, alles ist gut. Wir schaffen das schon", versuchte Aaron mir Mut zu machen.

„Ich hoffe, du hast Recht", sagte ich, doch das ungute Gefühl von Hoffnungslosigkeit blieb.

Als wir eine gute Stunde später aufbrachen, war alles ruhig, doch das sollte sich schon bald ändern.

Aaron bemerkte, wie immer mehr Nebelkrieger sich sammelten. „Wir müssen versuchen, sie abzulenken, um an ihnen vorbei in die Burg zu gelangen. Vielleicht können wir deine Mutter, Königin Solana, sogar befreien, bevor sie überhaupt bemerken, dass wir uns von der großen Gruppe abgesondert haben“, erklärte Aaron. Er schien den gesamten Vormittag schon an einem Plan zu arbeiten.

„Du willst also nur mit einer kleinen Gruppe losziehen? Meinst du nicht, dass es in der Burg Wachen gibt, gegen die gekämpft werden muss?“, wollte ich zweifelnd wissen.

„Doch. Aber je weniger wir sind, desto leichter ist es, sich an ihnen vorbeizuschleichen.“

„Wen genau meinst du mit ´wir`?“, fragte ich weiter, denn ich befürchtete, er wolle mich aus Sicherheitsgründen nicht mitnehmen.

Der Nebelkrieger überlegte. „Ich muss auf jeden Fall gehen, weil ich mich als Einziger hier auskenne. Es ist auch besser, wenn du mitkommst.“

Ich atmete erleichtert auf. Lieber ging ich der Gefahr direkt entgegen, wenn ich dafür bei Aaron sein konnte.

Dieser lächelte nur. „Mir ist es lieber, wenn ich dich bei mir habe und weiß, wo du bist und wie es dir geht. Dann kann ich dich auch besser beschützen. Außerdem sollten Aletawo, Nora und vielleicht auch Luxianaw uns begleiten. Sie sind sehr gute Krieger.“

„Und ich schließe mich eurer kleinen Gruppe auch an“, sagte König Ragen, der auf einmal direkt neben uns war. Er ritt auf seinem schwarzen Plumamännchen Vanec.

Hinter ihm saß Tamriel, da Aaron und ich auf ihrem Pluma Ava ritten. „Dann will ich auch mit!“, sagte sie und sah uns flehend an.

Ihr Vater wollte schon protestieren, doch Aaron nickte nur. „Wenn Prinzessin Tamriel uns begleitet, können wir sie ebenfalls besser beschützen.“

Ragen wirkte nicht allzu erfreut darüber, schien jedoch der gleichen Meinung zu sein. „Ich hoffe, du weißt, dass das nicht irgendein Abenteuer, sondern ein ernsthafter Kampf ist", sagte er zu seiner Tochter. „Ich würde außerdem vorschlagen, Königin Oxiaraw zu fragen, ob sie mitkommt. Sie war einst die Verbündete von Langar und kann uns vielleicht helfen", meinte Ragen an uns gewandt.

Damit stand unser Plan also fest. Alle waren einverstanden. Sobald die Aghorer uns angriffen, würden wir uns zu acht absondern, zur Burg reiten, meine Mutter befreien und Langar gegenübertreten.

Dass das so einfach werden würde, wie es klang, bezweifelte ich allerdings.

Kapitel 26 – Der Angriff

Gegen Mittag beobachtete Aaron, wie es in den Reihen der Nebelkrieger unruhig wurde. Immer zahlreicher waren sie uns gefolgt und plötzlich ging alles ganz schnell.

Die Aghorer griffen von allen Seiten gleichzeitig an. Da sie für uns unsichtbar waren, konnten sich die teylaischen Krieger nur schwer wehren. Die Rhûn versuchten mit ihren Drachen auf gut Glück aus der Luft anzugreifen, die Nebelkrieger aufzuhalten und zurückzudrängen, doch schon jetzt war zu erkennen, dass es kein leichter Kampf werden würde.

Bevor ich überhaupt die passenden Wörter und Gedanken für dieses Durcheinander finden konnte, trieb Aaron unseren Pluma Ava auch schon an. Sie rannte los, gefolgt von Ragen und Tamriel auf Vanec. Auch Kayar lief neben uns her. Über uns flogen Nora und Aletawo mit Ceraiva auf dem Arm auf Anarven und Oxiaraw mit Luxia zusammen auf Nyvor, dem Drachen der rhûnischen Königin.

Natürlich wurde unser Verschwinden bemerkt und Aaron warnte uns, als uns mehrere Nebelkrieger attackierten. Doch die Plumas und auch Kayar waren schneller.

Wir hielten uns nicht damit auf, gegen die Nebelkrieger zu kämpfen, was sowieso sinnlos gewesen wäre, sondern jagten einfach weiter. Schon bald mussten die Aghorer die Verfolgung aufgeben, da sie zu Fuß einfach zu langsam waren.

Wir rasten über die Ebene. Vor uns im Westen war bereits die Stadt mit der Burg zu erkennen. Ich fragte mich, wie wir dort hinein kommen und meine Mutter befreien sollten. Die Mauern wirkten unüberwindbar und freiwillig würden uns die Aghorer wohl kaum hineinlassen, höchstens als Gefangene.

Je näher wir kamen, desto mehr Einzelheiten wurden erkennbar: das große, schwarze Eisentor, die Wachen auf den Türmen. Natürlich hatte man uns längst entdeckt. Wir konnten beobachten, wie sich das Tor öffnete und etwa zwanzig Nebelkrieger herauskamen.

„Und jetzt?", fragte ich Aaron leicht panisch. „Wie sieht dein Plan aus?"

„Ehrlich gesagt, habe ich so genau keinen", antwortete mein Berater. Auch er schien langsam am Erfolg unserer Aufgabe zu zweifeln.

„Und nun?", fragte ich mit wachsender Angst und klammerte mich noch stärker an Aaron.

Da sagte Ragen, der direkt neben uns war: „Wir werden sie ablenken, dann schafft ihr es hoffentlich in die Stadt."

Uns blieb nur noch Zeit zu nicken, denn die Aghorer hatten uns bereits erreicht. Sofort stürzten sich die Drachen auf sie, doch in diesem Moment wurden die Nebelkrieger unsichtbar. Ich hatte keine Ahnung, wo genau sie sich befanden.

Doch als Aaron Ava nach links zog und ich im gleichen Augenblick einen Luftzug im Gesicht spürte, wusste ich, dass einer direkt neben uns war.

Der Luftzug musste von einem Schwerthieb gestammt haben, dem wir nur knapp hatten ausweichen können. Das Seil, mit dem Karjo befestigt gewesen war, war zerschnitten, wodurch der Rabe die Flucht ergreifen konnte und Aarons Jacke hatte an der Schulter einen Riss.

„Bist du in Ordnung?", fragte Aaron, während wir in einem rasanten Tempo um die Nebelkrieger herum in Richtung Stadt ritten.

„Abgesehen davon, dass ich vor Panik kaum noch Luft bekomme, geht es mir gut“, antwortete ich und warf vorsichtig einen Blick zurück.

Die beiden Drachen spien ständig Feuer, um den Aghorern den Weg abzuschneiden, damit sie uns nicht folgen konnten. Doch ich konnte nicht erkennen, ob ihnen dies gelang, denn noch immer waren die Nebelkrieger unsichtbar.

Kurz bevor wir das Stadttor erreichten, hielt Aaron plötzlich an und stieg ab.

„Was hast du vor?“, fragte ich leise, aber er zog mich einfach ohne ein Wort hinter sich her. Er zerrte mich dabei etwas ruppig am Arm, was ich von ihm nicht gewohnt war. Ich fragte mich, was er tun wollte, aber mir blieb nichts anderes übrig, als ihm zu vertrauen.

Er steuerte direkt auf den Wachmann zu und blieb vor ihm stehen. „Mach das Tor auf und lass uns rein!“, befahl Aaron.

Glaubte er wirklich, dass das funktionierte? Ich hatte da meine Zweifel, aber das konnte ich ihm schlecht sagen. Schließlich kannte ich nicht seinen Plan und wollte ihn nicht kaputt machen.

Doch der Aghorer sah ihn nur hämisch grinsend an. „Du hältst dich wohl für einen ganz Großen, was?“, meinte er und wollte sein Schwert ziehen.

„Ich glaube, du weißt nicht, wer ich bin“, entgegnete mein Berater mit fester Stimme. „Ich bin Aaron, der Sohn von Salec.“

Diese Aussage schien den Wachen etwas zu überraschen, doch im nächsten Moment hatte er sich wieder gefangen. „Du glaubst wohl, ich falle auf deine miesen Tricks rein? Salecs Sohn ist vor sieben Jahren während einer Schlacht gestorben.“

„Sehe ich etwa tot aus?“, fragte Aaron wütend. „Jetzt mach endlich das Tor auf! Ich habe hier jemanden, über den sich

König Langar sicher freuen wird." Er zog mich mit einem etwas unsanften Ruck vor sich. „Darf ich vorstellen? Prinzessin, verzeiht, seit einiger Zeit ja Königin Jania von Sûrania", sagte Aaron abfällig. Noch immer hielt er mich am Handgelenk fest.

Er behandelte mich tatsächlich wie seine Gefangene! Ich konnte es nicht fassen. Was sollte das?

Der Aghorer schaute uns verblüfft an und gab schließlich das Zeichen, das Tor zu öffnen. Aarons Bestimmtheit schien ihn überzeugt oder zumindest eingeschüchtert zu haben.

Aaron schob mich hinein und bog sofort nach rechts in eine kleine Gasse ein.

Währenddessen wurde mir immer mulmiger. Sollte Aaron mir die ganze Zeit über nur etwas vorgespielt haben und mich nun den Aghorern ausliefern? Mein Herz raste vor Angst und ich sah mich verzweifelt nach einer Fluchtmöglichkeit um.

„Beruhige dich, Jania", flüsterte Aaron. Seine Stimme klang so ruhig und vertraut wie immer.

Ich drehte mich zweifelnd um. „Das eben, meintest du das ernst? Willst du mich ihnen wirklich ausliefern?"

Der Nebelkrieger grinste nur. „Ich dachte, ich hätte dich davon überzeugt, auf wessen Seite ich stehe. Jania, glaubst du wirklich, ich würde dich verraten? Ich musste mir etwas überlegen, wie wir hier reinkommen und auf die Schnelle fiel mir nichts Besseres ein."

Ich atmete erleichtert auf. „Tut mir leid. Es war dumm von mir, ausgerechnet an dir zu zweifeln. Das alles nimmt mich nur so mit", entschuldigte ich mich bei ihm.

Aaron führte mich - nun mit einem aufmunternden Händedruck und nicht mehr diesem fesselnden Griff von eben - schweigend durch leere Gassen.

Das einfache Volk schien sich in den Häusern zu verstecken und die Krieger waren fast alle draußen und kämpften oder waren wahrscheinlich als Leibwachen bei Langar. Dadurch schafften wir es unbemerkt durch die Stadt bis vor die Burg, wo bereits die nächsten Wachen standen.

Wir versteckten uns hinter einer Häuserecke und beobachteten sie.

„Glaubst du, sie fallen auch darauf rein und machen das Tor auf, wenn du sagst, wer du bist?", fragte ich ungläubig.

„Nein. Und selbst wenn, würden sie nur noch mehr Wachen rufen und uns geradewegs zu Langar bringen. Dann könnten wir Solanas Befreiung vergessen", antwortete Aaron und prüfte die Umgebung. „Ich habe eine Idee, wie wir hinein kommen. Du müsstest sie ablenken und irgendwie ein Stück vom Tor weglocken, in Ordnung?"

Ich nickte und wollte gerade nachfragen, was er denn vorhatte, als er schon verschwunden war. Also holte ich tief Luft, nahm all meinen Mut zusammen und trat auf die Straße vor.

Die beiden Wachen entdeckten mich sofort. „Wer seid Ihr?", fragte der Eine streng und legte seine Hand an den Schwertknauf.

Ich beschloss, nicht auf die Frage einzugehen und stattdessen total aufgelöst und verwirrt zu spielen. „Schnell! Das Stadttor hält nicht mehr lange! Tut doch etwas! Schnell! Wir werden angegriffen!"

Tatsächlich kamen die beiden Aghorer ein Stück auf mich zu und schauten sich fragend an, ob sie mir glauben sollten.

In diesem Moment tauchte plötzlich Aaron hinter ihnen auf. Er hielt einem Wachmann ein Messer an die Kehle. „Mach das Burgtor auf, ansonsten sieht es für den hier schlecht aus!", drohte mein Berater dem anderen Aghorer, der gerade sein Schwert ziehen wollte.

Dieser jedoch zögerte, dem Befehl zu folgen. Ihm schien das Leben seines Partners egal zu sein.

Das bemerkte auch Aaron und stieß seine Geisel nach vorn, dem Anderen in die Arme. Beide waren so überrascht, dass Aaron ohne Probleme dem Ersten die Beine unter dem Körper wegtreten und dem Zweiten einen Kinnhaken verpassen konnte, sodass dieser bewusstlos zu Boden ging. Als der Andere wieder aufstehen wollte, verpasste Aaron auch ihm einen Schlag.

„Komm. Wir müssen uns beeilen. Lange bleiben die nicht liegen", sagte mein Berater und zog mich hinter sich her in die Burg.

Ich wusste, uns würde nicht viel Zeit bleiben. Sobald die Beiden dort draußen wieder zu sich kamen und unser Eindringen meldeten, würde es schwer werden, meine Mutter zu befreien.

Hoffentlich ging es genauso gut weiter, wie bisher.

Kapitel 27 – Ein überraschendes Wiedersehen

Wir schlichen durch die Burg, immer auf der Hut, keinem Aghorer in die Arme zu laufen. Dabei dachte ich an meine Mutter. Ich vermisste sie und hoffte, dass es ihr einigermaßen gut ging. Der Gedanke, sie endlich wieder zu sehen und in die Arme zu schließen, gab mir Kraft und neuen Mut.

Aber gleichzeitig machte ich mir Sorgen. Vielleicht nicht heute, aber irgendwann, würden wir uns Langar gegenüber stellen und gegen ihn kämpfen müssen.

Natürlich wusste ich, was er alles Schlimmes getan hatte. Trotzdem würde ich lieber zuerst mit ihm reden, als gleich gegen ihn zu kämpfen. Mich interessierte, wie er war. Schließlich musste er auch gute Seiten haben, ansonsten hätte meine Mutter sich damals nicht in ihn verliebt. Außerdem wollte ich gerne wissen, wie er darauf reagierte, wenn er erfuhr, dass ich seine Tochter bin. Jedoch hatte ich keine Ahnung, wie ich es schaffen sollte, mit ihm zu sprechen.

Ich war völlig in Gedanken versunken, als plötzlich eine Stimme hinter uns Aarons Namen sagte. Wir beide blieben wie angewurzelt stehen. Keiner hatte bemerkt, dass wir verfolgt wurden.

Als Aaron sich umdrehte, wirkte er allerdings nicht niedergeschlagen oder wütend, wie ich es erwartet hätte, wenn wir entdeckt worden wären, sondern eher überrascht.

Auch ich drehte mich um und sah ein junges Mädchen. Sie wirkte etwas jünger als ich, hatte lange, schwarze Haare, die sie hochgesteckt hatte, und schwarze Augen.

Verwirrt schaute sie uns, oder besser gesagt Aaron, an. „Bist du es wirklich?", fragte sie mit Tränen in der Stimme.

„Esira?" Auf Aarons Gesicht breitete sich ein Lächeln aus und er umarmte das Mädchen.

Diese begann zu schluchzen. „Wo warst du nur? Ich dachte, du seiest tot. Warum hast du dich nicht gemeldet? Ich habe dich so vermisst", flüsterte sie, während sie in seinen Armen weinte.

Auch Aaron hatte Tränen in den Augen, als er sie wieder los ließ. Erst jetzt schien ihm bewusst zu werden, wo wir waren und dass ich noch immer daneben stand. „Oh, ähm, Jania, das ist meine kleine Schwester Esira. Esira, das ist Jania von Sûrania, meine Königin."

Deshalb kam mir dieser Name so bekannt vor und deswegen sah sie ihm auch so ähnlich. Sie war Aarons Schwester. Ich lächelte Esira freundlich an.

Diese jedoch musterte mich fragend und schaute dann vorwurfsvoll zu Aaron. „Du gehörst zu den Sûra?"

Der Nebelkrieger lächelte gequält. „Es ist alles etwas anders, als du denkst, aber ich kann es dir jetzt nicht erklären. Ich…" Weiter kam er nicht, denn in diesem Moment waren Schritte zu hören.

Sofort griff Esira Aarons Hand und zog ihn in ein Zimmer. So schnell ich konnte, folgte ich den Beiden. Esira schloss hinter mir die Tür. „Ich lasse dich hier nicht weg, bis du mir sagst, was du die letzten sieben Jahre gemacht hast und warum du mit der sûranischen Königin durch die Burg schleichst", sagte sie an Aaron gewandt.

Der Nebelkrieger wirkte inzwischen alles andere als glücklich. Ich sah ihm an, dass er sich natürlich freute, seine Schwester wieder zu sehen, aber es war genau das, was er hatte vermeiden wollen. Er wollte die Vergangenheit einfach hinter sich lassen und sich nicht zwischen seiner alten Heimat mit seiner Familie und seiner neuen Heimat mit mir entscheiden müssen.

Vorsichtig legte ich ihm eine Hand auf die Schulter. „Ist schon in Ordnung. Sie ist deine Familie. Ich kann verstehen, wenn du lieber hier bleibst", sagte ich und kämpfte dabei gegen die Tränen.

Gerade wollte ich mich abwenden und gehen, als Aaron mich zurückhielt. „Jania, du weißt, ich habe vor Jahren eine Entscheidung getroffen und daran ändert sich nichts. Ich würde mich jederzeit wieder genauso entscheiden."

Ich wusste, dass er es ernst meinte, auch wenn es ihm sichtlich schwer fiel. Trotzdem freute ich mich, dass er nicht doch noch die Seiten wechselte. „Ich glaube, du schuldest deiner Schwester eine Erklärung. Sie hat es sicher nicht verdient, einfach so stehen gelassen zu werden", sagte ich.

Aaron drehte sich zu Esira um und schaute dann wieder mich an. „Und deine Mutter?"

Ich zuckte mit den Schultern. „Naja, angenommen, deine Schwester hilft uns, dann können wir sie auch später noch befreien. Außerdem weißt du nicht, ob du später noch die Gelegenheit hast, mit Esira zu reden. Du solltest diese Chance nutzen, bevor es vielleicht zu spät ist."

Aaron nickte. „Du hast Recht. Vielleicht wird es wirklich Zeit, dass ich mich meiner Vergangenheit stelle, auch wenn der Zeitpunkt unpassend ist." Er wandte sich an Esira. „Hilfst du uns, wenn ich dir alles sage?"

Sie überlegte kurz und lächelte dann. „Du bist mein Bruder. Natürlich helfe ich dir."

Und so begann Aaron zu erzählen: von seiner Verwundung damals, wie er zu uns gekommen war und was in den letzten Wochen und Monaten geschehen war.

Esira schien das alles sehr mitzunehmen und als Aaron geendet hatte, schaute sie ihn mitleidig an. Doch dann fing sie sich wieder und atmete tief durch. „Ihr seid also gerade dabei, Solana zu befreien. Das wird allerdings nicht so leicht werden. Ich habe sie selbst schon kennengelernt und besuche sie öfters. Aber ständig ist irgendwer bei ihr, meistens Langar. Und dann müsstet ihr auch noch aus der Burg kommen und es schaffen, die Stadt zu verlassen. Euer Vorhaben ist praktisch unmöglich", meinte sie.

„Aber es muss doch einen Weg geben", sagte ich verzweifelt.

„Es tut mir leid, aber ich kann euch da nicht wirklich helfen. Das Einzige, was ich tun könnte, ist, euch zu ihr zu bringen, aber sie ist sicher nicht allein", erklärte Esira.

Ich nickte. „Dann bring uns zu ihr."

„Jania, wie stellst du dir das vor? Mit eins, zwei, vielleicht auch drei Kriegern können wir es aufnehmen, aber einen direkten Kampf gegen Langar und mit etwas Pech auch gegen meinen Vater können wir nicht gewinnen", versuchte Aaron mich zu überzeugen.

„Dann kämpfen wir eben nicht sofort gegen sie. Ich weiß, es klingt verrückt, aber ehrlich gesagt, würde ich gerne mit Langar reden. Ich meine, er ist mein Vater und ich kenne ihn überhaupt nicht. Verstehst du das? Ich möchte einfach wissen, warum er jetzt so ist. Ich möchte meinen Vater kennenlernen und ihm sagen, dass ich seine Tochter bin."

Aaron schien zwar seine Zweifel zu haben, aber er nickte verständnisvoll. „Es ist deine Entscheidung. Wenn du ihn unbedingt treffen willst, dann versuchen wir es."

Dankbar lächelte ich ihn an und bat dann Esira, uns zu meiner Mutter zu führen.

Kapitel 28 – Familienzusammenführung

Inzwischen herrschte in der Burg Alarmbereitschaft. Die niedergeschlagenen Wachen waren zu sich gekommen und hatten unser Eindringen gemeldet.

Esira führte uns durch mehrere Gänge, ohne dass wir entdeckt wurden. Schließlich blieb sie vor einer Tür stehen. „Hier ist es. So wie es aussieht, ist Langar bei ihr, dann haben die Wachen immer kurz Pause und sind nicht da. Seid ihr sicher, dass ihr da hinein wollt?", fragte sie uns.

Als Aaron und ich nickten, klopfte Esira an und öffnete die Tür.

„Esira! Komm ruhig rein", hörte ich meine Mutter sagen.

In diesem Moment war mir egal, wer da noch im Zimmer war und rannte ohne nachzudenken hinein. Ich sah meine Mutter vor einem Bücherregal stehen und lief sofort auf sie zu.

„Jania?!" Sie strahlte und nahm mich in den Arm.

Ich bemerkte nur am Rande, wie überrascht Langar war und dass Aaron sich schützend vor uns stellte. Schließlich beruhigte ich mich etwas und löste mich aus der Umarmung. „Wie geht es dir?", fragte ich meine Mutter besorgt.

„Ganz gut, vor allem weil du da bist. Aber Langar hat mich auch gut behandelt", antwortete sie, von ihren Gefühlen noch immer überwältigt. „Sag, was machst du hier?"

„Wir wollten dich befreien", erklärte ich.

„Und das werden wir auch noch. Irgendwie", ergänzte Aaron, drehte sich um und verbeugte sich vor Solana.

Währenddessen schien Langar sich von seinem Schock erholt und seine Stimme wiedergefunden zu haben. „Wie praktisch. Die kleine Prinzessin kommt freiwillig zu mir. Und sieh einer an, wen sie da mitgebracht hat: den tot geglaubten Sohn Salecs." Langar grinste. „Hast wohl deinen Tod nur vorgetäuscht, um die Seiten zu wechseln?"

Ich bekam nicht mit, was Aaron antwortete. Freundlich klang es jedenfalls nicht. Stattdessen sah ich fragend meine Mutter an. „Bara hat mir erzählt, was damals zwischen dir und Langar war. Stimmt es, dass er mein Vater ist?", fragte ich leise.

Zuerst sah sie mich leicht schockiert an, doch dann nickte sie. „Er weiß nichts davon. Niemand außer Bara weiß es. Es tut mir leid, Jania. Ich weiß, ich hätte es dir sagen sollen, aber ich konnte nicht."

„Ist schon ok, aber er sollte es genauso erfahren", sagte ich und drehte mich zu Langar um.

Dieser führte noch immer ein Gespräch mit Aaron, wobei man es eher Streit nennen konnte.

Esira, die bisher nur daneben gestanden hatte, merkte, dass ich jetzt mit Langar reden wollte. Mit einem Befehlston und einem Selbstbewusstsein, was ich ihr gegenüber ihrem König niemals zugetraut hätte, sagte sie: „Könnt ihr Zwei mal damit aufhören? Hier würde gerne jemand etwas sagen." Sie schaute mich an und nickte auffordernd.

Als daraufhin tatsächlich Stille herrschte, holte ich tief Luft. „Ich… Also… Ich bin Eure Tochter." Mir fiel einfach nichts Besseres ein, wie ich es hätte ausdrücken sollen. Also am besten einfach die nackte Wahrheit sagen und schauen, wie Langar reagiert.

Schweigen. An seinem Gesicht war nicht abzulesen, was genau in ihm vorging. Schließlich schüttelte er den Kopf. „Das kann nicht sein."

„Doch. Sie hat Recht", pflichtete mir nun Solana bei. „Als du damals gegangen bist, war ich bereits schwanger. Allerdings hatte ich es zu diesem Zeitpunkt noch nicht gewusst."

Langar schaute etwas ungläubig zwischen meiner Mutter und mir hin und her. „Und warum hast du es dann nie gesagt? Ich hatte den Auftrag gegeben, Jania zu entführen, das wusstest du. Glaubst du, ich hätte ihr das angetan, wenn ich auch nur geahnt hätte, dass sie meine Tochter ist? Natürlich würde ich auch so ihr nicht wirklich etwas tun, aber wenn ich es wenigstens vermutet hätte, wäre ich nie so hart gegen Sûrania vorgegangen", sagte Langar zu meiner Mutter.

Dann wandte er sich an mich. „Es tut mir leid, was du in letzter Zeit alles durchmachen musstest. Vielleicht können du und deine Mutter mir irgendwann verzeihen?"

Ich lächelte leicht. „Das heißt, es herrscht Frieden?" Ich konnte mein Glück kaum fassen. Bis vor kurzem sah es noch so aus, als würden wir in den Kampf ziehen und nun das.

Langar nickte langsam. „Mein Hass richtete sich nur gegen Dragas, nie direkt gegen Sûrania oder gegen euch. Im Gegenteil." Er schaute meine Mutter liebevoll an. „Ich liebe dich immer noch, Solana. Ich weiß, dass ich schreckliche Fehler begangen habe. Aber du bist nach wie vor das Wichtigste für mich."

Sein Blick wanderte zu mir. „Und ich würde sehr gerne meine Tochter kennenlernen. Sofern du das möchtest."

Solana ging langsam auf ihn zu. „Auch wenn ich mit Dragas glücklich war, habe ich ihn nie so geliebt, wie dich. Nie habe ich dich vergessen. Du hast mir all die Jahre gefehlt. Aber was sollte ich machen? Du hattest dich so verändert. Komm zurück, Langar. Bitte."

Mit Tränen in den Augen lächelte er sie an. „Gerne." Und dann nahm er sie in den Arm.

Es war ein so rührender Moment und ich war einfach überglücklich, dass alles doch noch gut enden würde, als sich auf einmal die Tür öffnete.

Ein Mann Mitte Vierzig, mit schwarzen Augen und schulterlangen, blonden Haaren kam in das Zimmer. Der seltsame Anblick, der sich ihm bot, ließ ihn erstaunt stehen bleiben. Er schien Aaron und mich noch gar nicht bemerkt zu haben.

Ich nahm wahr, wie Aaron sich anspannte und den Mann fixierte. Er kannte ihn und schien nicht erfreut, ihn zu sehen.

Dieser schien den Blick zu spüren und schaute verwirrt in unsere Richtung. „Was…?"

Aaron unterbrach ihn. „Ja, ich bin es. Dein Sohn, den du damals einfach hast liegen lassen. Sag mir nur, warum. Ich hatte immer das Gefühl, wir wären eine glückliche Familie auch nach Mutters Tod und ich dachte, du wärst stolz auf mich. Stattdessen hättest du mich dort sterben lassen. Warum? Ich habe die ganze Zeit über versucht, darauf eine Antwort zu finden, aber ich verstehe es einfach nicht."

Der Mann, Salec, schaute ihn traurig an. „Du hast keine Ahnung, was für Vorwürfe ich mir deshalb gemacht habe. Aber ich wusste nicht, dass du noch am Leben bist. Ich dachte, du seiest tot. Wenn ich es geahnt hätte, hätte ich dir geholfen. Ich hätte dich gesucht. Wir mussten damals den Rückzug antreten. Mir blieb kaum Zeit, nach dir zu suchen und als du auf meine Rufe nicht reagiert hast, gab ich die Hoffnung auf und floh. Du weißt nicht, wie schwer es mir fiel, dich zurückzulassen. Es tut mir so leid, mein Junge."

Aaron liefen Tränen übers Gesicht, als er zu seinem Vater ging und ihn umarmte. All die Jahre hatte er Angst vor dieser Begegnung gehabt und nun verlief alles so anders.

„Und wer umarmt Jania und mich?", fragte Esira lächelnd.

Daraufhin schlossen Aaron und Salec sie in die Arme und meine Eltern drückten mich an sich.

In diesem Augenblick war ich so glücklich, wie noch nie in meinem Leben.

Kapitel 29 – Ein neuer König

Für diesen Moment hatten alle vergessen, weshalb wir ursprünglich hergekommen waren und genossen das Familienglück.

Da kratze etwas an die Tür.

„Was war das?", fragte Esira und ging neugierig nachschauen. Als sie die Tür öffnete, zwängte sich ein Schattenwolf an ihr vorbei. Esira und auch Salec und Langar sahen den Wolf skeptisch an.

„Kayar!" Ich rannte auf meinen Schattenwolf zu und kraulte ihn. „Du bist uns wohl gefolgt, hm?"

Kayar schaute mich traurig an und hielt mir seine Pfote hin.

Erst jetzt sah ich, dass er verletzt war. „Du Armer. Wer hat dir das denn angetan?", fragte ich besorgt. Vorsichtig strich ich über die Wunde und ließ dabei die heilende Magie durch meine Finger fließen.

Kayar hielt währenddessen brav still. Als der Schnitt wieder verschlossen war, leckte er mir dankbar übers Gesicht.

„Ist ja gut", lachte ich und schob ihn ein Stück zurück. Da erst fiel mir ein, woher er die Verletzung haben musste und dass die Anderen noch immer draußen kämpften. „Langar? Wenn jetzt Frieden herrscht, könntest du deine Leute zurückrufen?"

Der aghorische König nickte. „Natürlich. Das hatte ich sowieso vor."

Innerhalb der nächsten Stunden kamen alle in der Burg an. Verletzte gab es auf beiden Seiten zum Glück nur wenige, da sich aber weder die Nebelkrieger noch die Rhûn mit der heilenden Kraft der Natur besonders gut auskannten und auch keine heilende Magie besaßen, kümmerten sich die Teylaer und wir drei Sûra um sie.

Der restliche Tag verlief ruhig. Alle erholten sich, wir erzählten einander, was passiert war und auch zwischen den Kriegern schienen sich ganz langsam Freundschaften zu entwickeln.

Es war ein schöner Anblick, die verschiedenen, bis vor kurzem noch verfeindeten Völker jetzt so entspannt zusammen zu sehen, wie sie miteinander redeten und lachten.

Der Gesprächsbedarf war bei allen sehr groß und so lernte ich im Laufe des Tages meinen Vater besser kennen und erfuhr, wie es meiner Mutter in den letzten Monaten ergangen war.

Doch die Harmonie konnte nichts daran ändern, dass es noch nicht vorbei war. Denn in den Unterhaltungen hatte sich herausgestellt, dass Langar keine Ahnung hatte, was Garet gerade tat. Dieser hatte sich seit Wochen nicht gemeldet und schien die Zusammenarbeit mit den Aghorern beenden zu wollen und auf eigene Faust nach Macht zu streben.

Langar war alles andere als erfreut, nachdem er von uns erfahren hatte, dass Garet sich zum neuen Herrscher Sûranias ernennen wollte. Um das zu verhindern, beschlossen wir in wenigen Tagen zurückzugehen.

Mit etwas Glück würde Garet freiwillig aufgeben, aber im Moment sah es eher so aus, als müssten wir gegen ihn kämpfen. Und sollte er sich die Sûra gefügig gemacht haben, konnte es sein, dass sie eher auf ihn als auf uns hörten und es zu einer Schlacht gegen unsere eigenen Leute kommen konnte.

Doch daran wollte ich eigentlich noch gar nicht denken, sondern lieber das friedvolle Zusammensein mit meinen Eltern genießen. Da ich Solana und Langar jedoch etwas Zeit für sich lassen wollte, zog ich am nächsten Morgen los und beschloss, das verschneite Aghor zu erkunden.

Dabei begegnete ich Aaron, der scheinbar ziellos durch die Stadt wanderte. Ich wollte ihn gerade darauf ansprechen, wie gut das Zusammentreffen mit seiner Familie gestern verlaufen war, als ich sein müdes und nachdenkliches Gesicht bemerkte.

„Du siehst aus, als hättest du nicht geschlafen. Stimmt irgendetwas nicht?", fragte ich und lief neben ihm her.

Er schüttelte den Kopf. „Alles in Ordnung. Aber es stimmt: Ich habe kaum geschlafen. Zuerst hat mich Esira bis spät in die Nacht wachgehalten und ausgefragt und danach konnte ich nicht schlafen, weil ich nachdenken musste", erklärte Aaron.

„Worüber denn? Wenn es wegen Garet und so ist, das schaffen wir auch noch", versuchte ich ihn aufzumuntern.

„Nein, das ist es nicht." Er seufzte. „Gestern Abend haben sich Langar und mein Vater darüber unterhalten, wie es mit Aghor weitergehen soll. Langar will zu euch nach Sûrania und Aghor aufgeben. Er habe das Land nur gegründet, weil er auf Dragas wütend war und sich so eine Armee aufbauen wollte. Jetzt, wo er die Möglichkeit hat, wieder mit Solana zusammen zu sein, möchte er nicht länger König eines anderen Volkes sein."

„Aber was ist daran so schlimm? Ich meine, damals gab es Aghor doch auch nicht und alles war gut." Ich verstand nicht ganz, warum es Aaron solches Kopfzerbrechen bereitete.

„Für uns Nebelkrieger ist das hier eine Heimat geworden. Wir hatten nie ein eigenes Reich, bis Langar Aghor aufgebaut hat. Die meisten wollen nicht wieder zurück. Außerdem soll

Aghor nicht einfach zerfallen, weshalb gestern Abend beschlossen wurde, dass Salec der neue Herrscher von Aghor werden soll. Dann könnten alle hier bleiben und wir wären ein eigenständiges Volk."

Aaron machte eine Pause und ließ traurig seinen Blick über die Häuser wandern. „Wenn Vater König wird, werden Esira oder ich eines Tages seine Nachfolge antreten müssen. Verstehst du jetzt? Wenn ich wieder zurück nach Sûrania gehe, würde ich meine Familie und meine Heimat wieder verlassen müssen. Esira würde Thronfolgerin werden, obwohl sie davon nicht begeistert wäre. Sie hatte nie viel für solche Dinge übrig. Prinzessin zu sein wird für sie schon nicht leicht werden, aber dann auch noch mit der Gewissheit irgendwann Königin zu werden, ist nichts für sie. Das kann ich unmöglich von ihr verlangen.

Aber wenn ich hier bleibe und die Stellung als Prinz und Thronfolger akzeptiere, würde ich nicht mehr in Sûrania leben und als Berater tätig sein können. Ich…Ich würde dich verlassen müssen."

Deshalb war Aaron also so fertig. Jetzt, nachdem er sich wieder mit seiner Familie versöhnt hatte, wollte er natürlich bei ihr bleiben. Aber gleichzeitig fühlte er sich Sûrania und mir gegenüber zu Treue verpflichtet.

„Was sagt denn dein Vater dazu?", fragte ich.

Aaron zuckte mit den Schultern. „Er meint, ich solle mir mit der Entscheidung Zeit lassen. Er könne verstehen, wenn ich lieber zurück möchte und ich könnte trotzdem jeder Zeit zu ihm kommen.

Aber ehrlich gesagt, weiß ich nicht, was ich tun soll. Sûrania ist in den letzten Jahren mein Zuhause geworden und ich bin gerne dort. Aber nun habe ich die Möglichkeit, wieder bei meinem Vater und meiner Schwester zu sein und irgendwie ist

Aghor noch immer meine Heimat. Ich bin schließlich hier aufgewachsen und war glücklich."

„Ich kann dich verstehen. Denk in Ruhe darüber nach", riet ich ihm. „Wenn du hier bleiben möchtest, dann ist das ok, aber du würdest mir fehlen." `Mehr als du glaubst`, fügte ich in Gedanken hinzu.

In den letzten Wochen war Aaron nicht einfach nur mein Berater gewesen, sondern ein guter Freund geworden. Ich hatte noch immer keine Zeit gehabt, über meine Gefühle für ihn nachzudenken, aber ich wusste, dass ich ihn auf jeden Fall vermissen würde.

Aaron lächelte mich an. „Du würdest mir auch fehlen", sagte er liebevoll und nahm mich in den Arm.

Ich kuschelte mich an ihn. „Bleib bei mir", flüsterte ich flehend.

Er strich mir zärtlich über den Rücken und gab mir sanft einen Kuss aufs Haar. „Ich weiß es noch nicht. Gib mir noch ein bisschen Zeit, ja?" Aaron ließ mich los und ging ohne ein weiteres Wort.

In diesem Moment musste ich daran denken, was Luxianaw gesagt hatte: dass Aaron Gefühle für mich hätte. Wenn es so war, warum sagte er dann nichts? Jetzt wäre doch ein passender Zeitpunkt gewesen. Warum dachte er stattdessen darüber nach, Sûrania und damit auch mich zu verlassen?

„Wenn ich doch nur wüsste, was in dir vorgeht", sagte ich leise und setzte meinen Spaziergang fort. Dabei dachte ich über das Gefühlschaos in mir nach.

Kapitel 30 – Tödliche Heimkehr

Wenige Tage später brachen wir auf. Da es hier im Tal nicht so kalt und schneereich war wie im Gebirge, kamen wir gut voran und erreichten nach einer Woche Sûrania.

Es herrschte eine seltsame Stimmung in der Gruppe. Die Meisten der rhûnischen und teylaischen Krieger waren heimgekehrt, da wir so viele nicht brauchen würden. Dafür wurden wir nun von meinen Eltern, Aarons Familie und einigen Nebelkriegern begleitet.

Noch immer konnte man allen die Freude über den Frieden ansehen und auch die einzelnen Familien wirkten glücklich, doch einige schienen sich Sorgen zu machen.

Die sonst meist lustige Tamriel wirkte nachdenklich. Als ich sie darauf ansprach, erklärte sie, es sei wegen Dorian. Sie freue sich, ihn wieder zu sehen, habe aber keine Ahnung, ob sie ihn wirklich heiraten wolle.

Ich erzählte ihr daraufhin von meinem Gefühlschaos wegen Aaron.

Dieser schien mir aus dem Weg zu gehen. Er hatte wohl noch immer keine Entscheidung getroffen, was mich irgendwie enttäuschte.

Gleichzeitig war ich mir über meine eigenen Gefühle nicht sicher. Ich mochte ihn sehr und wenn ich ehrlich zu mir selbst war, musste ich mir eingestehen, dass ich ihn liebte. Aber konnte das mit uns funktionieren? Ich wusste es nicht und egal wie viel ich darüber nachdachte, ich kam zu keiner Lösung. In mir herrschte ein Durcheinander aus Freude, Sorge, Liebe und Zweifel.

Dadurch fiel es mir auch schwer, mich auf irgendetwas zu konzentrieren und ich bemerkte kaum, dass wir längst zu Hause waren. Auch konnte ich mich nur schwach daran erinnern, wie wir es an den Grenzwachen vorbei geschafft hatten. Ich war einfach zu sehr in Gedanken versunken und verwirrt.

In die Stadt hinein zu kommen, war kein Problem. Die Wachen erkannten uns natürlich, ließen uns, wenn auch sichtlich überrascht, passieren und versprachen, noch keine Meldung an Garet oder sonst jemanden zu machen.

So erreichten wir die Burg ohne Zwischenfälle. Alles schien problemlos zu laufen, doch kurz bevor wir in die Burg eintraten, wurden wir von den Wachen entdeckt und sahen, wie einer sofort los lief, um unsere Ankunft anzukündigen.

„Jetzt können wir nur hoffen, dass Garet keine Verbündeten hier hat", hörte ich irgendjemanden murmeln.

Ob das tatsächlich der Fall war oder nicht, fest stand, dass er es geschafft hatte, einige Krieger gegen uns aufzubringen, weshalb wir beim Betreten der Burg angegriffen wurden.

Königin Oxiaraw, Luxianaw, Aletawo und Noranaw kämpften Seite an Seite gegen fünf sûranische Krieger. Ragen versuchte währenddessen, Tamriel zu schützen und schob sie hinter sich, als zwei Krieger auf sie losgingen. Gleichzeitig kämpften Salec und Esira, die für ihre 16 Jahre eine recht gute Kampftechnik beherrschte, gegen drei weitere Sûra.

„Kümmert euch um Garet! Wir halten euch hier den Rücken frei!", rief uns Salec zu.

Langar, Solana, Aaron und ich liefen los, doch wir kamen nicht weit, denn schon tauchten sieben Krieger vor uns auf und versperrten den Weg. Es sah nicht so aus, als würden wir hier mit Erklärungen weiter kommen, weshalb Langar und

Aaron ihre Schwerter zogen. Mutter und ich taten es ihnen gleich, doch unsere Chancen standen eher schlecht.

Da kamen plötzlich von der anderen Seite drei Männer angerannt.

„Lonar! Tano! Dorian!", jubelte ich erleichtert.

„Als auf einmal Unruhe in der Burg herrschte, wir aber nicht benachrichtigt wurden, konnten wir uns denken, dass es um euch geht. Schön, Euch gesund wieder zu sehen, Königin Solana. Königin Jania", begrüßte uns Lonar und wehrt zugleich einen Schwerthieb ab.

„Wo ist Garet?", fragte Langar wütend.

„Hier bin ich", sagte plötzlich eine Stimme direkt hinter mir.

Ich spürte, wie Garet mir ein Messer an den Hals hielt und erstarrte.

Auch alle anderen hielten in ihren Bewegungen inne und schauten überrascht in unsere Richtung.

„Oh, Jania!", kreischte meine Mutter entsetzt und wollte zu mir.

Garet verstärkte den Druck mit dem Messer, sodass es schmerzte und ich aufschrie und zog mich ein Stück zurück.

Langar legte beruhigend eine Hand auf Solanas Schulter. „Gib auf, Garet. Das hat keinen Sinn. Du bist ganz allein. Wenn du Jania etwas antust,…" Er ließ den Satz unvollendet und schaute Garet zornig an.

Doch dieser lachte nur. „Du denkst, du kannst mir drohen, aber da kennst du mich schlecht. Ich gebe nicht auf. Der Thron gehört mir."

Währenddessen stand ich wie gelähmt. Wollte Garet mich wirklich umbringen? Traurig und voller Angst sah ich zu meinen Eltern und Freunden.

Dabei fiel mir auf, dass Aaron verschwunden war. Bevor ich darüber nachdenken konnte, schrie Garet auf einmal auf und ließ mich los.

Ich stolperte zu meinen Eltern und drehte mich um, sah jedoch niemanden außer Garet, der einen tiefen Schnitt an der Schulter hatte.

Wutentbrannt schlug Garet mehrere Male ins Nichts und kämpfte gegen einen unsichtbaren Gegner. Dabei wurde er mehrmals erwischt und verletzt. Doch plötzlich schien Garet seinen Gegner zu treffen, denn es erklang ein schmerzvoller Aufschrei.

Garet drehte sich sofort um und rannte weg, aber ich beachtete ihn überhaupt nicht. Denn an der Stelle, wo der Angreifer gestanden haben musste, tauchte im gleichen Augenblick Aaron auf.

Er hatte seine Fähigkeiten als Nebelkrieger genutzt, wurde durch die schwere Verletzung jedoch wieder sichtbar. Garet hatte ihm sein Schwert durch Zufall direkt in die Brust gerammt. Das Blut strömte aus der Wunde und Aaron sackte leblos in sich zusammen.

„Nein! Aaron!" Ich lief verzweifelt zu ihm und kniete mich neben ihn.

Er bewegte sich nicht.

„Aaron, du darfst nicht sterben. Bitte!", flehte ich, doch als ich nach seinem Puls suchte, konnte ich nichts spüren.

Er atmete nicht mehr und auch sein Herz hatte aufgehört zu schlagen. Es war zu spät. Um mich zu retten, hatte er sein Leben geopfert.

Tränen rannen über mein Gesicht. Ich schluchzte und legte meinen Kopf an seine Schulter. So einfach konnte ich nicht aufgeben. Wozu hatten mächtige Sûra denn die Fähigkeit, vor kurzem Verstorbene wieder zum Leben zu erwecken? Natürlich funktionierte das nicht immer, aber vielleicht könnte ich Aaron noch retten.

Ich zwang mich zur Ruhe, sammelte meine Kräfte und ließ die gesamte Magie in seinen Körper fließen. Dabei hatte nur ein Gedanke in meinem Kopf Platz: Aaron musste leben. Das war ich ihm schuldig.

Ich spürte, wie ich schwächer wurde. Die starke Anstrengung zerrte an meinen Kräften. Ich kämpfte, nicht bereit, ihn aufzugeben und gerade, als ich vor Erschöpfung fast zusammenbrach, begann sein Herz wieder zu schlagen. Ich schluchzte vor Erleichterung. Aaron lebte und das war das Einzige, was zählte.

Ich hatte es geschafft.

Völlig entkräftet ließ ich mich neben ihn auf den Boden fallen. Vor meinen Augen wurde es schwarz und ich verlor das Bewusstsein.

Kapitel 31 – Glückliches Ende

Ich saß auf einem Stuhl und hielt Aarons Hand. Als ich gestern Nachmittag wieder zu mir gekommen war, hatte man Aaron bereits in ein Krankenzimmer gebracht.

Alle waren erleichtert, dass es mir nach der kräftezehrenden Rettungsaktion gut ging.

Bei Aaron sah das anders aus. Zwar hatte ich ihm das Leben retten können, aber er war noch immer nicht bei Bewusstsein und niemand konnte mit Sicherheit sagen, ob er überleben würde. Die Verletzung war einigermaßen verheilt, aber eben nicht ganz. Noch mehr Magie wäre nicht gut, weshalb nur zu hoffen blieb, dass sein Lebenswille groß genug war und der Rest von allein heilen würde.

Die ganze Nacht über hatten Salec, Esira und ich an Aarons Bett gesessen und Wache gehalten, doch er war nicht aufgewacht.

Nun war Esira erschöpft eingeschlafen und Salec hatte sie in ein Gästezimmer getragen, damit sie sich ausschlafen konnte.

Als er wieder zurückkam, drehte ich mich zu ihm um.

„Ich habe Euch etwas zu Essen mitgebracht. Ich weiß, wie Ihr Euch fühlt, aber wir müssen bei Kräften bleiben, um für ihn da sein zu können", sagte Salec, bevor ich widersprechen konnte und stellte ein Tablett mit Frühstück auf den Tisch.

Schweren Herzens ließ ich Aaron los und setzte mich zu seinem Vater.

Dieser lächelte mir aufmunternd zu. „Er wird schon wieder. Mein Sohn ist ein Kämpfer. Glaubt mir, Königin, er schafft das."

„Nennt mich Jania", sagte ich, da mir diese Höflichkeit unpassend erschien. Wir sorgten uns um den gleichen jungen Mann, da konnten wir uns auch duzen.

„Was ist gestern eigentlich noch passiert? Irgendwie habe ich gar nichts weiter mitbekommen, weil ich solche Angst um Aaron hatte", fragte ich.

„Nicht viel", antwortete Salec. „Königin Solana hat es geschafft, die Krieger davon zu überzeugen, dass Garet der eigentliche Verräter war. Für den Moment herrscht also Ruhe, aber es wird sicher noch eine Weile dauern, bis alle die gesamte Wahrheit kennen und verstehen, was passiert ist."

„Was ist mit Garet? Hat man ihn gefangen?", fragte ich und dachte dabei angstvoll an den Mann, der Aaron und mich hatte umbringen wollen.

„Er ist tot. Man hat ihn vor einer Treppe liegend gefunden. Soweit ich gehört habe, ist das deinem Schattenwolf zu verdanken."

„Kayar? Er soll Garet umgebracht haben?" Es fiel mir etwas schwer, mir den friedlichen Wolf als Mörder vorzustellen, aber andererseits hatte Kayar mich immer beschützt und spürte, wer böse war.

„Nicht direkt. Garet war wohl auf der Flucht, als Kayar ihn plötzlich angriff. Bei dem Versuch, wegzulaufen, stürzte er die Treppe hinunter und brach sich das Genick", erklärte Salec.

„Dann kann er jetzt wenigstens niemandem mehr etwas antun", sagte ich erleichtert. `Ich muss später unbedingt Kayar eine Extraportion Fleisch bringen`, dachte ich. Das hatte er sich wirklich verdient.

Wir saßen eine Weile schweigend da und aßen, bis Salec fragte: „Du magst ihn, oder?“

Überrascht sah ich ihn an. „Wen?“

„Aaron. Du hast ihm das Leben gerettet und wachst an seinem Bett. Das macht man nur, wenn derjenige einem sehr viel bedeutet.“

Ich spürte, wie ich augenblicklich rot wurde und senkte den Kopf.

Salec sprach weiter. „Er mag dich auch. Er hat es mir zwar nie gesagt, aber ich konnte ihm ansehen, wie sehr er mit sich gerungen hat, ob er in Aghor bleiben soll oder bei dir in Sûrania.“

„Ich weiß. Er hat mit mir darüber gesprochen“, entgegnete ich.

„Weiß er, was du für ihn empfindest?“

„Nein. Darüber haben wir nie geredet, aber mir stellt sich sowieso die Frage, wie das funktionieren sollte“, überlegte ich. „Ich hoffe, dass ich noch die Möglichkeit bekomme, es ihm zu sagen und sich sein Zustand nicht doch noch verschlimmert.“

„Er schafft das. Du wirst sehen. Und denk daran: Wenn man sich liebt, findet man immer einen Weg“, meinte Salec und lächelte mir zu.

„Ich weiß ja noch nicht einmal, ob ich ihm wirklich so viel bedeute. Was, wenn er mich gar nicht haben will?“, sprach ich meine Zweifel laut aus.

„Natürlich liebe ich dich, Jania“, flüsterte da eine Stimme.

„Aaron! Wie geht es dir?“ Ich sprang auf, erleichtert, dass er bei Bewusstsein war und eilte an sein Bett.

Schwach lächelte er mich an und nahm meine Hand. „Wenn du da bist, gut.“

Inzwischen war auch Salec aufgestanden und legte Aaron eine Hand auf die Schulter. „Ich bin froh, dass es dir besser geht, dann kann ich mich wenigstens mal hinlegen und etwas schlafen. Ich komme später wieder. Außerdem habt ihr euch wahrscheinlich sowieso einiges zu sagen." Mit diesen Worten und einem verschmitzten Lächeln verließ er das Zimmer.

Ich strahlte Aaron an. „Ich hatte solche Angst um dich. Als du da auf einmal lagst, tot, da dachte ich, es sei vorbei. Ich dachte, ich hätte dich verloren, bevor ich dir überhaupt sagen konnte, dass ich dich liebe." Etwas schüchtern sah ich ihn an. Es war ein seltsames Gefühl, das so offen auszusprechen.

Doch er lächelte nur. „Du hast mich gerettet. Danke."

„Woher weißt du das?", fragte ich leicht erstaunt.

„Ich bin schon seit einer Weile wach und habe euer Gespräch mit angehört. Garet ist tot. Er hat es auch nicht anders verdient. Und was die Sache mit uns angeht… Ich hätte früher mit dir reden sollen, aber ich wusste nicht, wie du reagierst. Ich meine, du bist immerhin eine Prinzessin."

„Und du schon bald ein Prinz, wenn dein Vater erst einmal König von Aghor ist", entgegnete ich. „Aaron, mir ist egal, welchen Rang du hast. Ich würde dich auch lieben, wenn du ein einfacher Bauer wärst."

„Aber deine Eltern wird es interessieren und vor allem das Volk. Ich bin ein Nebelkrieger, ein Aghorer. Ich wurde des Verrates beschuldigt. Ich glaube nicht, dass so jemand gerne an deiner Seite gesehen wird", überlegte Aaron.

„Ich bezweifle, dass meine Eltern etwas dagegen hätten. Du warst lange als Berater tätig, hast mir mehrfach das Leben gerettet und wirst Prinz von Aghor. Jemand Besseren als zukünftigen Herrscher von Sûrania gibt es nicht. Und dein Vater scheint auch nichts dagegen zu haben. Du wirst sehen, das schaffen wir auch noch", sagte ich jetzt deutlich zuversichtlicher.

Liebevoll lächelte mich Aaron an, bevor er erschöpft die Augen schloss.

„Ruh dich aus. Ich bleibe hier sitzen, bis du wieder bei Kräften bist", sagte ich.

„Danke", antwortete er und war kurz danach wieder eingeschlafen.

Die nächsten Tage vergingen wie im Flug. Ich verbrachte die meiste Zeit bei Aaron, dem es jeden Tag besser ging. Wir sprachen mit unseren Eltern und sagten ihnen, dass wir heiraten wollten. Wirklich zu überraschen schien das niemanden, da sie es schon geahnt hatten, damit auch einverstanden waren und sich sogar freuten.

Die Aghorer, Teylaer und Rhûn kehrten jeweils in ihre Heimat zurück.

Luxia, Nora und Aletawo nahm ich das Versprechen ab, zu meiner Hochzeit zu kommen. Der Abschied fiel uns allen nicht leicht. Wir waren in den letzten Wochen sehr gute Freunde geworden.

Auch Tamriel versprach, mich bald wieder zu besuchen. Sie hatte endlich die Zeit und auch den Mut gefunden, mit Dorian zu reden. Dadurch hatte sich auch dieses Problem geklärt. Sie liebten einander und würden heiraten. Dorian war bereit, nach Teyla zu ziehen, damit Tam eines Tages ihre Aufgabe als Königin übernehmen konnte. Als wir uns verabschiedeten, wirkten die Beiden einfach nur glücklich.

Die Einzige, die noch hier blieb, war Esira. Während Salec gezwungenermaßen nach Aghor zurückgekehrt war, um die Herrschaft zu übernehmen, wollte sie bei ihrem Bruder bleiben.

Aaron und ich vermuteten jedoch, dass das nicht der einzige Grund war, denn sie verbrachte nur wenig Zeit bei ihm.

Stattdessen hielt sie sich ständig in der Nähe von Tano auf, der anscheinend ebenfalls Interesse an ihr hatte.

Vielleicht würde es in den folgenden Monaten ja mehrere Hochzeiten geben.

Epilog

Die große Schlacht war jetzt fast drei Monate her. Heute war der Tag, auf den ich schon so lange gewartet hatte. Aaron und ich würden heiraten.

Es war ein wunderschöner Frühlingstag. Die Blumen blühten, die Vögel sangen und die Sonne schien warm vom wolkenlosen Himmel.

Ich trug ein weißes, ärmelloses Kleid, das bis zum Boden reichte. Meine rotbraunen Haare waren offen und ich trug eine silberne mit Diamanten und Amethysten bestückte Krone, an der ein Schleier befestigt war.

So betrat ich den großen Saal mit Langar an meiner Seite. Er war gerührt gewesen, als ich ihn gefragt hatte, ob er mich zum Altar führen wollte.

Langsam schritten wir an den Gästen vorbei. Dabei entdeckte ich Noranaw, die mir zu winkte. Sie trug ein bordeauxfarbenes Kleid, obwohl sie eigentlich nur Hosen mochte und stand händchenhaltend neben Aletawo. Die beiden würden in zwei Wochen heiraten und hatten mich bereits eingeladen.

Neben ihnen stand Luxianaw. Sie lächelte mir zu und ich konnte ihr ansehen, was in ihr vorging: `Ich wusste von Anfang an, dass du und Aaron ein Paar werdet.`

Königin Oxiaraw stand ebenfalls bei ihnen und nickte mir zu.

Auf der anderen Seite des Ganges standen König Ragen und Königin Paría. Auch sie begrüßten mich mit einem Nicken.

Daneben stand Tamriel in ihrem grünen mit Ornamenten verzierten Kleid. Sie war seit fast vier Wochen glücklich mit Dorian verheiratet. Beide lächelten mir zu.

Etwas weiter vorn standen Tano und Esira. Im Laufe des letzten Vierteljahres waren die beiden zusammen gekommen und hatten sich vor einer Woche verlobt. Sie wollten gemeinsam in Aghor leben und eines Tages den Thron übernehmen.

Diese Entscheidung war Esira nicht ganz leicht gefallen, aber da Aaron schon mit mir über Sûrania regieren musste, konnte er sich schlecht gleichzeitig um Aghor kümmern. So hatte seine Schwester die Rolle als Thronfolgerin akzeptiert.

Gleich neben ihr stand Salec, jetzt König von Aghor. Er war sichtlich stolz auf seine beiden Kinder und lächelte mir zu.

Ihm gegenüber stand Solana. Sie und Langar hatten vor zwei Monaten geheiratet und gemeinsam beschlossen, dass es das Beste sei, wenn ich Königin von Sûrania blieb. Meine Mutter lächelte mich mit Tränen in den Augen an.

Hinter ihr entdeckte ich Bara. Sie weinte vor Freude und lächelte mir zu.

Und ganz vorne stand der Mann, den ich liebte. Er trug eine dunkelgraue Hose, ein fliederfarbenes Hemd und eine dunkelgraue Jacke. Seine blonden Haare fielen ihm offen auf die Schultern.

Als mein Vater mich Aaron übergab, strahlte dieser.

Lonar, der als oberster Berater die Trauung vollziehen würde, begann mit den Worten: „Sehr geehrte Könige und Königinnen, Prinzen und Prinzessinnen, Lords und Ladies, sowie alle anderen heute hier anwesenden Gäste.“

Während der Zeremonie musste ich an das letzte Jahr denken. Es war so viel passiert, aber irgendwie war ich glücklich darüber. Ansonsten wären Aaron und ich wohl niemals zusammen gekommen.

Schließlich sagte Lonar den Satz, auf den wir beide so lange gewartet hatten. „Ihr dürft die Braut jetzt küssen."

Mit einem liebevollen Lächeln schaute mich Aaron an. Er legte einen Arm um meine Taille und zog mich an sich.

Ich sah in seine hellblauen Augen, reckte mich zu ihm und spürte, wie seine Lippen meine berührten.

Und egal was uns in der Zukunft noch erwarten würde, in diesem Moment wusste ich: Nichts würde uns jemals trennen können.

– Ende –